故宫的气质

张鹏 著

中国出版集团公司
華文出版社

图书在版编目（CIP）数据

故宫的气质 / 张鹏著. -- 北京 ：华文出版社，
2020.4

ISBN 978-7-5075-5292-8

Ⅰ. ①故… Ⅱ. ①张… Ⅲ. ①纪实文学－中国－当代
Ⅳ. ①I25

中国版本图书馆CIP数据核字(2020)第051275号

故宫的气质
GUGONG DE QIZHI

编　　著：张　鹏
责任编辑：杨艳丽
封面设计：王　上
内文设计：高　洁
出版发行：华文出版社
社　　址：北京市西城区广外大街 305 号 8 区 2 号楼
邮政编码：100055
网　　址：http://www.hwcbs.com.cn
电　　话：总 编 室 010-58336239　发 行 部 010-58336253　58336202
责任编辑 010-58336191
经　　销：新华书店
印　　刷：三河市燕春印刷有限公司
开　　本：710×1000　1/16
印　　张：16.75
字　　数：150 千字
彩　　插：151 幅
版　　次：2020 年 4 月第 1 版
印　　次：2020 年 4 月第 1 次印刷
标准书号：ISBN 978-7-5075-5292-8
定　　价：68.00 元

本书作者从记者的视角为读者深入讲解故宫守护人更鲜为人知的守护故事。他们是穿着老布鞋走遍故宫九千多房间的老院长，是复原『金龙大宴』的清史专家，是故宫的『大内总管』，是看护文物的『站殿大将军』，是一群『上房揭瓦』的古建筑修复者，是在宫妃院墙内外守护多年的奇花异草和『网红猫』……他们终其一生只做一件事，带着对故宫的爱、对文物的情，守望着这里的一切……

张鹏

资深媒体人，北京传统文化研究者，曾为《北京晚报》首席记者，现主持《北京日报》客户端『京味儿』频道，是多家报纸、杂志的文化专栏撰稿人，发表数百万文字。同时撰写自媒体公众号『京范儿』和今日头条专栏『京味儿』，拥有大批粉丝，被评为2019年北京阅读季十大『金牌阅读推广人』。

序：一群人，守护着一座古老的宫殿

我在故宫曾经好几次和一位记者偶遇，当时以为只是巧合，后来才知道这位记者三年来几十次进入故宫采访。她采访了故宫很多知识渊博的学者、身怀绝技的专家，还有众多护文物、擦文物、讲文物的普通工作者和志愿者，写了不少有关故宫的故事。

她就是《北京日报》的记者张鹏。

她通过一个记者的独特视角，展示出鲜为人知的"故宫人"的生活。正是这样一群人，守护着这座古老的宫殿——一座属于人民的故宫博物院。

这群"故宫人"守护的是世界上最大规模最完整的古代建筑群，更是世界文化遗产，这里是北京市的核心地段，距离天安门只有200米，每一项工作都世界瞩目；故宫有1862690件文物，是全世界收藏中国文物藏品最多的一座宝库。"故宫人"一丝不苟的坚守使它们得到安全的保护；故宫也是接待观众最多的博物馆，全世界第一，这个岗位光荣而艰巨。

正是这群故宫人的匠心和敬业，对故宫的爱，对传统文化的珍视，形成了特殊而令人感动的"故宫的气质"，他们是故宫的守护者，也是传统文化的继承者和弘扬者。

我希望更多的人可以通过《故宫的气质》这本书了解红墙内鲜为人知的另一面，也希望不断开放的故宫，能成为人们生活的一片绿洲，故宫的文化能更加深入地融入到人们的生活中。

故宫博物院前院长 

2020 年 4 月 22 日

目录

另类守护者

故宫番外

故宫过大年

给故宫“看大门”不容易

——跟着故宫“男神”单霁翔跨年

2018 年的最后一天，凌厉的北风带来了低温，让北京展现出冬日那种典型的干冷、响晴，这依旧是个寒风刺骨的日子，但是天蓝如洗，让人觉得冷得痛快。这样的假日里应该去故宫走一走，因为红墙、黄瓦和蓝天搭

整齐划一的故宫守护人

配起来是北京最美的模样。

这几年，我写了不少关于故宫的人物和故事，故宫成了我特别惦记的一个地方。但让我始料未及的是，2018 年最后一天的故宫之旅有意外惊喜——偶遇了院长单霁翔。我有幸获邀和他一起在故宫四处游走，听他讲有关故宫的点点滴滴。从上午到夜幕降临，单院长在马不停蹄的忙碌中，亲自送走 2018 年的最后一位观众。十几个小时之后的清晨，单院长又出现在午门，迎接 2019 年的第一批观众，故宫和他的“守门人”就这样走进了新的一年。

参观第一站——故宫卫生间

上午 10 点半的故宫御花园，远远就看见身穿黑色冬装挂着胸牌的单院长正带着一群客人参观，得知我是经常采访故宫的记者，他发出邀请，问我愿不愿意跟着他走走？跟着单院长游故宫，这样的机会谁能拒绝呢？惊喜来得有点太突然。

跟着单院长走了没几步，就听院长说，今天咱们参观的第一站——卫生间，说着一转身真的进了御花园外的一个公共卫生间。他一边走还一边说“不许拍照啊”，然后就钻进男厕没了影。早知道单院长是著名的冷幽默段子手，还真是“不按常理出牌”啊！

等到单院长从厕所出来，他问我：“从外观看，觉得厕所有什么变化吗？”我说：女厕似乎比以前大了不少，内部重新进行了装修，变得干净漂亮很多。单院长说，这就是故宫 2019 年将要开始的“厕所革命”，御花园这个卫生间是第一个完成改造的。“以前女厕外面经常排长队，为了满足观众如厕的需求，我们把原来男厕女厕位置换了一下，男厕加上吸

如果不是门上的标识，谁会想到这是卫生间

烟室和休息室改造成了女厕，格子是男厕的 2.6 倍，这样更科学，内部重新设计装修，提高了档次。”单院长说，故宫每天迎接来自世界各地的观众，公共设施也要做好人文关怀。

故宫院长竟然这么关心厕所这样的小事，让人有些吃惊的同时，更对其产生了敬意。

我发现，单院长是一个特别注意细节之处见大的人。走着走着，他忽然弯腰从地上捡起了一个很小的纸片，一直拿在手里，直到找到一个垃圾桶扔了进去。“故宫的地上不能有纸片垃圾，如果地上没有一片垃圾，观众也就不会扔了。包括在墙上刻画的，一旦出现我们会如临大敌，立刻擦掉，没有划痕别人也就不会跟着画了，这需要一直保持，很不容易。”单院长说，

作者采访单院长

四五年前，他下来巡查老得捡垃圾，现在走一趟下来基本也捡不到一片垃圾了。

其实正是这些点点滴滴的小事，让故宫这些年发生了巨大的变化。例如，以前故宫的端门广场、御花园是没有座位的，很多人席地而坐，端门广场的树坑和御花园的铁栏杆里都坐满了走累的游客。单院长觉得让观众这样坐没有尊严，所以依据御花园的古典园林风貌定制了观众座椅，又将御花园花池、树池边上装上可供观众休息的座椅，可容纳近 400 名观众在此休息。端门广场把树坑做平了，在树坑上做一圈树凳，一圈可以坐 12 个人，一共 56 组树凳，加上靠背座椅和餐桌椅，能让近千个观众同时落座。“看到人们有尊严地坐下，这是很欣慰的。”这句短短的欣慰，里面包含着无尽的人文关怀。

在隆宗门内，我注意到新竖起了一个“母婴室”的牌子，单院长说：“之前，有观众反映没有母婴室，带儿童参观多有不便，2018 年，我们就利用原有办公用房改造设立了一个。”单院长还补充道，“观众走到这里正好走完三大殿，走了一半累了，2019 年我们还要把后左门、后右门内原

故宫里的母婴室

来的商店收回改造，提供热水，变成老弱病残孕的专用休息室。”这也是单院长2019年的一个计划。这既是一个院长的心愿，也是故宫处处为游客着想的人文情怀的体现。

“还远着呢，差距还很大，故宫的能量远远没发挥出来，这需要一代一代人的努力，我们要给后代打下好的基础。”单院长说，很多事需要慢慢做。

故宫院长是个高风险的岗位

跟着单院长一路向西，走过太和殿的右翼门，单院长指着这扇打开的大门说：“过去这个门从没打开过，原来这一带都是非开放区，现如今，太和殿的左翼门和右翼门都打开了，景观一下子丰富起来。”

多年来，故宫老观众都对一块牌子记忆深刻，牌子上写着“非开放区，观众止步”，故宫70%的范围都曾立过这种牌子。“都说故宫建筑多，可观众看不到它的馆舍宏大；都说故宫藏品多，但是99%是睡在库房里。绝大多数观众进了故宫，只能沿着中轴线走，看看皇帝坐在什么地方，躺在什么地方，在哪儿结婚，就穿过御花园走出去了。”单院长觉得这不是一个博物馆应有的样子。

“过去观众沿着中轴线走，只能观看三大殿，连一棵树都没有，现在出右翼门一看，非常漂亮，有古松，有十八槐；出左翼门是箭亭广场，过去骑马射箭的地方，视野一下子就开阔了。”单院长表示，故宫为了打开这两扇门也付出了很艰辛的努力，总共拆了135栋临时建筑。

单院长自嘲道：“故宫院长是个高风险的岗位，有今天没明天，整天提心吊胆怕出事儿。”但是如果因为怕出事儿，为了保证文物的安全，就不开放，不拿出来展览，这个思维方式单院长觉得有问题。

“过去的思维方式是，不是怕出事吗？要保证文物安全，拿出的文物越少越安全，都在库房锁着才安全，所以拿出来展出的不到 1%。一个瓷器掉地上摔了，博物馆的责任，全世界都知道；反过来，一屋子的古代服装、织绣、地毯全腐烂了，一点责任没有，属于自然腐蚀。这个机制得改变，现在我们就要反过来做。”

单院长说他的原则是“能开的全都开”，比如新开的家具馆，“过去是 6200 多件家具都在库房里，90 多个小库房最高摞了 11 层，现在都拿出来，建了家具馆，处理好就没危险”。

故宫有 10200 件雕塑，过去没有展厅，后来成立了雕塑馆，其中两尊菩萨 3 米多高，是 1500 年前北齐时非常珍贵的雕塑，秦始皇兵马俑也神采奕奕地展出来了。“文物必须要有尊严，文物不能蓬头垢面，必须要保护好，

故宫家具馆

必须要融入人们的生活才更有尊严。”

现在故宫 80% 的地域都可以参观了，这就给故宫开放管理处的职工增加了大量工作。“过去 200 多人封门，现在 800 多人封门，每个人都拿一个接触器，每个角落都要走到，接触一下这个地方灯才会灭。这样每天查一遍，我觉得比封闭更安全。”单院长觉得他说出这个话特别有底气。

每一座古建筑都是宝

跟着单院长一路向西往隆宗门方向走去，忽听单院长一声低呼：“我们就怕这种大高跟！”原来前边不远处一位女观众穿的皮鞋鞋跟又细又高，走路咯噔咯噔的。“这要是去御花园，踩上甬道，那个小石子就会崩出来。”单院长满脸的心疼，他说为了保护故宫的地面，曾经一度请观众穿鞋套，但是没能推行开，现在全凭观众自觉，他请大家最好穿软底鞋参观故宫。

可以看得出来，单院长对故宫的一砖一瓦、一草一木，甚至对一个小石头都是有感情的。我曾经听过单院长的演讲，他对于故宫的历史、数字，甚至对故宫猫等都如数家珍，那份熟稔透着他的热爱和艰辛付出。据说，单院长上任伊始，就在 5 个月里走完了故宫的 9371 间房屋，自 1420 年紫禁城建成，只有两人做到了这件事：单霁翔和他的秘书。

跟着单院长走过冰窖对面的一堵正在施工的红墙，他的脸上又露出心疼的表情：“我们的苦恼就是热力管道等各种管道，因为施工，不得已在这里做了一面假墙。”即使为了走管线，也不能破坏红墙的整体，古建筑遭到破坏是他最不愿意看到的事。然后，单院长神秘地说：“敢不敢跟我

健谈的单院长

去一个地方，我们故宫职工都没去过，就是里面太脏，你这衣服怕是够呛。”

我注意到单院长黑色的工作服上蹭了不少土，尤其是一双鞋，很旧而且满是灰尘，已经看不出原来的颜色，照他的说法，他经常出入那个很脏的地方，这究竟是个什么地方呢？

单院长带着我们一路向西，快到西门附近时看见一片施工围挡，进去是红色的高大工棚，空地上停着铲车等施工车辆。跟着单院长走进工棚，眼前的情景令人大吃一惊，里面尘土飞扬，地面被挖了一个很深的大坑，一层一层的楼梯通往地下深处，下面隐约可见管道。“这就是故宫正在建设的地下管廊。”单院长很自豪地告诉我。

“这一切都是静悄悄的，在不影响观众参观的情况下进行的，故宫要在红墙以外建一圈市政管廊，最深到 14 米。为什么这么深？因为故宫地下 3 米以内是文化层，怕有文物，躲过这层，加固以后在底下铺设管道，做的共同沟，里面将来要进 17 种管道，建好以后就再也不用开挖故宫地面了。”单院长满脸欣慰。

故宫“地下管廊”施工现场

这个工程最终完成要到 2020 年 6 月，“我们所有的古建筑维修都会在那时竣工，故宫 18 年来将第一次没有工地，迎接故宫 600 年的生日。”单院长很憧憬那一天的到来。

转到此时已经 12 点半了，食堂就快没饭了，单院长和几位主管副院长匆匆赶到食堂吃了顿工作餐，我也就不客气地蹭了一下故宫食堂，伙食真不错。下午 4 点多，单院长还要参加傍晚的“封门”，送走最后一批观众，这是每年最后一天他都要做的事，单院长问我：“还跟着吗？”“必须跟！”

亲自送走2018年最后一位观众

下午4点半，单院长、主管安全的副院长李小城和安全部门的主管领导出现在隆宗门附近，此时已是夕阳西下，这一天北京全天温度都在零度以下，傍晚更是寒气刺骨，我穿着羽绒服还冻得一直打哆嗦，单院长却依然是精神抖擞，看不出一点怕冷或者疲惫的样子。故宫开放管理处处长沈丽霞曾经对我说："院长是我们的男神、超人，精力真不是一般人比得上的。"现在我终于信了。

故宫的规矩是每天一早"启门"，傍晚"封门"，据说这些老规矩还是从清朝传下来的。清朝故宫的各道门也与今日差不多，当时的锁头称为"钱粮"，早晨，由宫监高声喊道："侍卫老爷们，下钱粮了！"至晚掌灯前，也是高喊："上钱粮！"

故宫开放管理处每天最后的一项任务是封门，随着闭馆音乐声响起，工作人员穿上荧光"清场背心"开始拉网式清场，确保所有的观众都离开故宫。这些年不乏因为各种原因总想在故宫过夜的奇葩观众，和工作人员玩"藏猫猫"，所以清场需要特别仔细，无论什么天气，工作人员都要钻山洞、爬假山、转小院，搜索每一个隐秘的角落。

清场完毕之后就是锁门了，喧闹了一天的故宫又重回宁静，乌鸦开始回到这个原本属于它们的世界，在上空盘旋、觅食，两百多处古老的大门次第闭合。

单院长也穿着"清场背心"，和开放管理处的工作人员一起，检查一道道落锁的大门。

亲自送走每年最后一位观众，亲自迎接每年第一位观众，单院长坚持

故宫“启门”

故宫“封门”

这样做已经是第七个年头，之所以这么做，我想正如他所说，要尽到一个“看门人”的职责，他曾经说过：“我从三个月大时被父母抱到北京，住了很多的四合院，万万没想到退休前的最后一个岗位，是在北京最大的四合院‘看门’。这个院子很大，这个‘门’不好看。”

观众散去，红门上锁，夜幕降临，单院长面对着辛劳了一天的工作人员说了这样一番话：“我们守护的是世界最大规模、最完整的古代建筑群，这里是北京市的核心地段，距离天安门只有 200 米，是世界文化遗产，我们的每一项工作都是世界瞩目的。我们守护的 1862690 件文物，是全世界收藏中国文物藏品最多的一座宝库，我们的坚守使它们得到安全的保护，我们也是接待观众最多的博物馆，2018 年接待 1753 万名观众，全世界第一，第二名卢浮宫是 800 万名，还不到我们的一半，我们这个岗位光荣而艰巨。”单院长说得很动情，因为他深知，要想看好故宫这个门不简单。

本以为，2018 年故宫的工作到此结束了，没想到单院长问我：“我还要去午门看看过大年的展览弄得怎么样？还跟我去吗？”我已经冻得透心凉，都快说不出话了，但还是咬着牙说：“跟！”

每年最后一天主持封门仪式前，单院长都要亲自送走最后一位观众

整个故宫就是最大的展厅

晚上五点半，我跟着单院长和故宫一众主管领导又从北边的神武门来到南边的午门，爬上城墙来到展厅里，只见这里一片繁忙，主管这次展览的副院长任万平和展览部的策展人带领工人正在紧张地加班工作，展台和展柜已经搭建了起来，但是展品还没有放进去。

这里正在布展的是 2019 年故宫策划的一个大手笔的活动，也是故宫史上规模最大的展览“贺岁迎祥——紫禁城里过大年”，从 1 月 6 日开始到

4 月 7 日结束，到时候整个故宫都是展厅，展现清朝鼎盛时期紫禁城里过大年的盛况。

今天从故宫各殿一路走来，其实已经明显感到了过年的氛围，大门上的年画、门神和对联，大殿和走廊挂出的各式宫灯，都是故宫前所未有的。

单院长告诉我，这次“过大年是故宫展出文物最多的一次，春节不能光是吃吃喝喝，也不是只有舞狮子挂灯笼，还要有非常丰富的文化内涵，

展厅内金碧辉煌

以前紫禁城里过大年、过各种节日遗留了大量丰富多彩的文物，我们就设置节日主题让这些文物和大家见面”。

立天灯、万寿灯曾是清代早中期过年最盛大的活动之一，从立到撤，前后要动用8000多人次。通过故宫研究人员的努力，不但在文献中查出天灯、万寿灯的使用方式、历史沿革，乃至各部分的详细尺寸，更在各个库房中找到了灯身模型、灯联小样和灯杆原件，成功复原出来，将重新竖立在乾清宫和皇极殿的台基上下。

过大年还会展示过年不可或缺的“节物”，如福字、春联、春条、门神等，以及岁朝图、天灯、万寿灯、宫灯等富于宫廷特色的器物，观众可以看到康熙、雍正、乾隆、嘉庆、道光五代皇帝书写的“福”字。

单院长表示，故宫“过春节”，丰富了观众的文化生活，同时还有一个很重要的原因，就是有利于文物“延年益寿”。“故宫藏有1400盏精美宫灯，一度都存放在盒子里。这次春节项目启动，每一盏灯都会被精心修复，包括补齐灯穗等。之后将被悬挂在宫内，烘托节日气氛。春节只是一个开始，端午、中秋等传统节日将被逐一开发，让观众能在紫禁城里感受到浓浓的节庆氛围，让更多文物藏品活起来。”

在嘈杂的布展现场，单院长详细询问各项工作的主管领导，敲定每一个细节，甚至包括到时候观众上厕所的问题，对他来说这些都是大事。我看到单院长鞋子上的灰土好像又加厚了一层，今天跟他走了一天，我的微信记步已经到了15000多步，相当于7公里，据说单院长每天走的路不会低于10公里。

布置妥了今天的工作，单院长走出展厅的时候已经7点多了，站在午门上往下望，近处是昏暗肃穆的巨大宫殿，远处则是华灯初上的北京城，此地仿佛是历史和现实的交汇处。1420年，永乐皇帝建造的紫禁城，即将迎来它的600岁生日，单院长曾经立下志愿：“要把一个辉煌壮丽的紫禁城，完整地交给下一个600年。”

再过十几个小时，2019年的第一天，单院长又将出现在午门外，迎接新一年故宫的第一批客人。

夜幕下的紫禁城

皇宫大年夜的吃喝玩乐

近几年，故宫成了超级网红，一到年关，更是张灯结彩，金碧辉煌，每个人都想在那里拔个好彩头。

皇帝的年夜饭，咱们老百姓是赶不上了，但是咱们赶上了好时候。这几年故宫的对外开放程度越来越大，咱老百姓有幸可以到故宫去过大年，体验一把皇宫大年夜的超级感。

故宫博物院建院以来最大展览“贺岁迎祥——紫禁城里过大年”从2019年1月6日起亮相午门——雁翅楼展厅。开展第二天，笔者已经跑到故宫先睹为快，权当给没来得及去的朋友做攻略。

史无前例文物展，百年一见点天灯

听单院长说，这次展览是“史无前例”的，共展出文物885件（套）。按照惯例，一般展览使用文物数量在100件左右，年度大展才有可能达到300件以上。而本次展览不但在正式展出文物的数量上远超常规，加上复制文物的数量，展览规模，可以说世界罕见。

这次展览除了午门展厅，实景体验部分还会囊括整个紫禁城开放区域。在宫殿门口会悬挂着寓意吉祥的春联、门神，在乾清宫和皇极殿的廊庑下装饰华美的宫灯，在乾清宫的丹陛（宫殿的台阶）上下各竖立高大的天灯、万寿灯，总共使用仿制品超过 1000 件，整个故宫博物院都将成为文化展示

张灯结彩的皇家大年夜

的场所。

这次实景体验中最受关注的就是天灯和万寿灯。只能在史料中见到的立天灯、万寿灯，是起源于明代过年时最盛大的活动之一。届时，乾清宫前将各立起一对足有三四层楼高的灯饰。立天灯、万寿灯也是清代早中期过年最盛大的活动之一，它们高度均在 10 米以上，灯杆雕刻云龙纹，顶部有亭，下端插在汉白玉石座中。

农历腊月二十四在民间是所谓“扫房日”，但在宫中却是安灯的日子。这一天，乾清宫丹陛上左右各安设一座“万寿灯”，丹陛下左右各放一座“天

万寿灯

各种宫灯挂起来

灯”。四座木杆上又各悬金字万寿宝联八幅。除夕夜，随着营造司首领一声“上灯”，台阶上《火树星桥》乐章响起，紫禁城三大殿五百余只灯同时亮起。一时间悠扬清乐、灯火辉煌、宫殿巍峨、气象万千。

这样的盛世景象，故宫已经百年未见。

贴福字休大假发红包，过年的花样真不少

午门展厅里的“贺岁迎祥”展就更有意思了，全方位展示了皇家在紫禁城里过大年的各种细节。有些过年的乐子，还真跟老百姓差不多。

贴福字

春节期间，家家户户贴福字。在清宫，腊月初一开始，皇帝用“赐福苍生”笔，在龙笺上书写第一个福字贴在乾清宫中，再写十余个福字贴于其他宫中。之后，皇帝还会陆续写些福字，赏赐大臣与外藩。这次展出还可见到康熙、雍正、乾隆、嘉庆、道光五代皇帝书写的福字，传递祛除邪祟的美好愿望。

贴春联

春联，我们都很熟悉了，不过在常见的红底春联里，竟闪现了一抹白。这源于满族“尚白贱红”的习俗。他们的先民冬季雪后捕猎，常着白色衣服与雪同色，易于伪装，方便接近猎物，所以白色对满族来说，代表吉祥幸运。入关后，他们逐渐受到汉文化影响，清代宫廷也就更多地选择红色春联了。

皇帝赐福

贴门神

贴于紫禁城各殿的门神，可划分为四大类，每类都有不少说头儿。

武门神，传说中的白脸秦琼，黑脸敬德。画匠们常用沥粉贴金的工具描绘其盔甲，凸显炫彩夺目之感。文门神，寓意天官赐福。仙姑门神，常悬挂于皇宫内廷。娃娃形象的童子门神，有祈求多子多福的含义。门神虽多，宫里也十分节俭。春节过后，会取下存放在门神库，待到来年继续使用。宫里有规定，就算门神坏了，也要仔细修复，透露出“俭以养德”的优良品质。

写春条

春条是在长条纸上书写吉祥语，字数不定。功能与春联相似，但可以不成对，随处可贴，如“迎祥”“宜春”“开门见喜”“一年康泰”，还有如字数较多的“宜入新年千秋万喜大吉”等，此为雍正御笔。

发红包

让人惊喜的是，皇帝过年也会发“压岁钱”！这叫作“馈岁”。皇帝送的礼物有如意、荷包、鼻烟壶、金元宝等，精美的刺绣荷包里面还真装着金银元宝、金银钱、玉坠子等，堪称过年大红包了。

皇帝发的“红包”

皇家的红包都是真货

放大假

更有趣的是，皇帝过年也要放假的。展览当中就有“开印封印”的展示。封印就是把玺印封存起来暂停使用：腊月二十左右，皇帝择吉日在交泰殿举行封宝礼，由内阁学士将象征皇权的玉玺洗毕，皇帝拈香行礼，以求来年吉祥，然后将25宝（比如皇帝之宝、天子之宝）入匣收藏，名曰“封宝”[①]。京内外各衙门亦照例封印，接着是欢聚畅饮，以酬一岁之劳。这也就是说：官方的春节年假正式开始了。正月再择吉日开印，恢复正常办公。

① 清代皇帝御宝有“皇帝之宝”“天子之宝”等25方宝玺，平时秘藏于皇宫交泰殿的宝盒中。

摆设挂屏和盆景

挂屏以百宝嵌工艺制作，彰显宫廷富丽华贵的气息，图案均寓意吉祥。过年时，宫中各处摆设仿梅花、水仙、兰花等应季花卉的盆景，镶嵌翡翠、珍珠、碧玺、红宝石、蓝宝石等，共用珍珠宝石 300 余颗。

挂屏寓意吉祥

盆景上都是真货

凌晨三点吃饺子，元旦家宴竟然是早饭

皇帝过年也吃饺子，满族把所有的面食都叫作“饽饽”，把水饺称为“煮饽饽”。据记载，乾隆四十八年正月初一寅时（凌晨 3~5 点），皇帝在乾清宫东侧的弘德殿吃饺子，规定吃饺子的过程不可随意。皇帝的饺子

是装在精美的雕漆飞龙宴盒里送来的。吃饺子的时候，在皇帝面前的高宴桌上再放上小案子，盛放着饺子的盘子需正好放在此案的吉字上。跟老百姓往饺子里包铜钱一样，皇家也会包带钱的饺子，图个好彩头，但这饺子里的钱可不是实际流通的货币，而是专门打造的“花钱”，称为“通宝”，吃到有通宝的饺子就表示一年吉利，皇帝吃了三个，剩下一个没有通宝，送到佛堂上供。

清代皇帝平日独自用膳，只在年节时才与后妃一起吃饭，称为“家宴”。元旦家宴一般是早膳，在辰时（上午 7~9 点）举行，地点在乾清宫，皇帝席位居中，皇后在皇帝席东稍后，妃嫔列席在东西，对面而设。古代男女授受不亲，皇家尤重男女大防，宫中规定，后妃在 50 岁以后才可以与非亲生皇子见面，所以，皇帝与后妃，与包括皇子在内的宗室需分别聚会，大大小小的宴会，雨露均沾的赐赠，彰显着皇帝与母亲、妻子、儿女、宗室间严格等级制度下的骨肉亲情。

普通百姓家过年都要大吃一顿，皇帝的年夜饭都吃啥呢？展览以复原陈列的方式，呈现宗亲宴上的金龙大宴桌与宗亲宴桌。宴桌摆放参照了乾隆四十八年膳档的记载，动用文物超过 100 件，十分壮观。尽管展览的金龙大宴桌上只摆放了碗盘、果盒、筷子等，并没有真正地盛上食物，但光看这些精致细腻、

盛装出席

摆放有序的餐具，就已经令人惊叹宴席之豪华了。

过年是最喜庆的节日，自当盛装，按照清朝的制度，皇帝在太和殿的朝贺大典，需穿朝服；在乾清宫行家人礼，则穿吉服，家宴、宗亲宴时也穿吉服，吉服是仅次于朝服的礼服，俗称“龙袍”，穿着必须与相应的冠、带、朝珠搭配。

祭祖规矩真不少，这些事儿都不能干

在欢愉的春节期间，祭祖是最重要的传统礼仪活动。岁末年初，人们通过祭祀活动，追思祖德，求福报功，弘扬孝道。皇帝需亲自到太庙祭祀，既是对逝去尊长的怀念，也是以孝治天下的体现。

“祭祖行孝”单元中，亦能观赏难得一见的康雍乾三代皇帝的神主，以及众多材质优良、工艺精美的斋戒牌。

凡祭祀必须提前斋戒，以示虔敬庄重，在太庙大祀前，皇帝须斋戒三日，斋戒期间，不理刑名、不办公、不宴会、不听音乐、不入内寝、不问疾吊丧、不饮酒茹荤、不祭神、不扫墓，祭祀前一日还需沐浴，祭祀前有主管祭祀的机构太常寺进斋戒桐人和斋戒牌，提醒斋戒之人保持恭敬之心，不可懈怠。斋戒牌原为木制，雍正皇帝下令改成随身佩戴的形式，以便随时警示。

再现皇上“明窗开笔”，桌上三件皇家宝贝

展厅里搭建了一个“养心殿东暖阁”。隔着玻璃，人们可以看到皇帝“明窗开笔”的场景。“明窗开笔”是皇帝新年举行的第一次书写仪式。

雍正帝开创了一个清宫习俗，即每年元旦（清朝以农历正月初一为元

旦）在养心殿御笔书写祈求"国泰民安、江山永固、风调雨顺"之类的吉祥语，称之为"元旦开笔"。乾隆帝即位之后，对养心殿进行了改造，在东暖阁西头南面临窗的地方，用木槅扇另辟一间小屋，室内悬挂乾隆御笔"明窗"匾额，从此，新年"元旦开笔"仪式便在这里举行。

清乾隆四年（1739年）十一月二十八日，为了增强次年开笔仪式庄严、隆重的气氛，30岁的乾隆皇帝特意下旨内务府造办处定制三大御用法物："金瓯永固"杯、"玉烛长调"蜡扦、管端刻有"万年青"字样的"万年杆"毛笔。

明窗开笔

乾隆皇帝对"金瓯永固"杯的制作十分重视，下旨从内务府中挑选上好的黄金、珍珠、宝石精细打造。内务府造办处的制作活计有一套严格的工艺流程，乾隆皇帝明确要求先要画样呈览，经批准以后再制作木质或蜡质的模型，然后呈上御览。如此几经反复，从设计图样到制作各个过程，乾隆皇帝都要亲自审定，并提出修改意见，直至自己满意。这只酒杯虽然只有 12.5 厘米高，却用了 500 多克黄金，通体镶嵌了大小 11 颗珍珠、9 颗红宝石、12 颗蓝宝石、4 块碧玺，可谓昂贵奢华至极。富丽璀璨的“金瓯永固”杯完全是反映乾隆皇帝个人审美的艺术作品。

大年初一子时（23 时至 1 时整），在一片辞旧迎新的爆竹声中，皇帝身穿朝袍礼服来到养心殿东暖阁明窗，几案上早已准备好三件御用法物，还有纸张、砚台、朱砂墨和上好的御墨等以供开笔之物。

皇帝先向“金瓯永固”杯中注入屠苏酒，然后亲自点燃“玉烛长调”蜡，再拿起“万年杆”毛笔先蘸朱砂墨书写几句诸如“海宇同禧”“平安如意”之类的吉祥语，然后蘸黑墨书写“永享升平”“所愿必遂”之类的吉祥语，最后皇帝翻阅呈进的时宪书（即新年农历），寓意因时耕作，风调雨顺，五谷丰登。

开笔仪式过后，皇帝需亲手把法物一一整理好，再命内府专人负责收藏，任何人不得擅自开启，以待明年元旦再用。这些御用法物每年只有一次机会显露真容。

吃喝不忘玩乐，看戏听曲一个都不能少

展览中，游客还可以看到古代最高规格的皇家“交响乐团”——中和韶乐。过年时，王公大臣在太和殿向皇帝行礼、家人在乾清宫向皇帝行礼，均需演奏。中和韶乐共有 18 类乐器，此次展览甄选了最有特色的 6 类进行

复原陈列，包括编钟、编磬、建鼓、柷、敔、麾，气势恢宏。

中和韶乐的乐章辞藻由翰林院撰拟，内容多为四海升平、万国咸宁的祝福之词。仪式开始后，皇帝咏唱《元平之章》：“维天眷我皇，四海升平泰运昌。岁首肇三阳，万国朝正拜帝阊。云雾奏嘉祥，乘鸾路，建太常。时和化日常，重九泽，尽梯航。”有点无从想象：皇上唱这个曲会是什么腔调，万一皇上唱歌跑调怎么办？

在“游艺行乐”单元则展示了过年期间的娱乐活动。高高在上的皇帝，也会趁此佳节放松娱乐。《冰嬉图》描绘了腊月初八太液池冰嬉的场景。射球、滑冰、倒立、舞刀、叠罗汉、舞中幡、托鹰鹞，好不热闹！

冰嬉图

看戏也是过年时主要的娱乐活动之一。展品中有 8 件精美的戏衣，是难得一见的珍贵戏曲服装资料。配合戏台、乐器、剧本、戏画等，不难想见当年看戏时热闹喜庆的场面。

对于清代的宫廷而言，与辞旧迎新有关的种种庆典活动往往要延续 50 余天，即从当年的阴历腊月初一至第二年的正月二十。相比于我们今天的 7 日假期，清朝这个年真可以说过得太爽了！

注：部分史料参考王志伟老师的《皇宫里的年初一》。

故宫雪景

清朝“第一家庭”的黄金周

——专访故宫博物院副院长任万平

清史专家、故宫博物院副院长任万平

2019年大年初四一早，我避开节日熙熙攘攘的人流，从故宫北门神武门入宫。今天我要去拜访一个人，这是一位真正的故宫大咖，她就是在故宫工作近30年的清史专家、故宫博物院副院长任万平。2019年故宫声势浩大的“贺岁迎祥——紫禁城里过大年”展览就是由她带领故宫多个部门组成的策展小组完成的。

故宫西北角的一个古色古香的小跨院，是故宫院长们的办公场所。走进房间，满目所及除了花草就是书籍，一室春光，身穿旗袍的任院长知性而优雅。

聊起这次故宫热展，任院长感叹做

成这件事实在太不容易，她和同事们从数百万字浩如烟海的史料文献中找到宫廷春节生活的点滴细节，从故宫 180 多万件文物中精挑细选出 800 多件皇家过年使用的器物，终于使文物“复活”了，将一段真实的宫廷史呈现在人们面前。

任院长表示，成功举办这次史无前例的展览，首先，因为单院长有宏大的文化视野和弘扬传统文化的魄力，院班子各位领导也都从不同的方面给予大力支持；其次，得益于故宫各部门群策群力，设计与制作方案几易其稿，大家都克服了各种各样的困难，加班加点。具体的文物筛选与思想内涵的提取凝练，更是让筹展组不断受到各种煎熬。

本次展览筹备用了将近一年的时间，扎实的实景背后是任院长对明清宫廷历史的专业研究。她研究皇家礼俗多年，多次举办这一主题的讲座，所以要想听故宫过大年的故事，一定非她莫属了。

随着任老师的娓娓讲述，恍惚间我仿佛看到，紫禁城里千盏宫灯随风摇曳，漱芳斋戏楼里传出袅袅乐声，养心殿里屠苏酒伴着翰墨飘香，乾清宫宗亲大宴觥筹交错，坤宁宫神位前香烟缭绕，重华宫茶宴上君臣文采风流……这便是 200 多年前的紫禁城，我想我一定是穿越了。

除夕皇上发红包，有玉石、金钱、荷包和珍奇食物

穿越到 200 多年前的紫禁城，大家一定想知道皇家是怎么过“黄金周”的，我只能说上班限制了我们的想象力，说出实情大家估计又要羡慕嫉妒恨了。

清朝，一进腊月就开始过年。从乾隆朝开始，每年腊月初一，皇帝就要用刻有“赐福苍生”的笔和龙笺纸在重华宫亲书“福”字十余张，冀望

来年福缘滚滚、福气兴旺。第一个“福”字悬挂在乾清宫，这是皇宫里最重要的宫室；其余张贴在宫廷各处。接着就是一系列和春节有关的礼仪庆典，娱乐活动，直到元宵节之后才算过完，长达一个多月。

我们姑且照顾一下上班族的心情，把清宫春节集中在从除夕开始的“黄金周”。也许这个事实会让大家心情好一点，在这个世界最大、最富丽堂皇的四合院里，锦衣玉食的皇族们即使过年也不能随心所欲地吃喝玩乐，相反，这个节过得有点累，尤其是皇上，很累。让任老师来告诉我们他们都在忙些啥。

除夕这天，皇上会做什么呢？这天民间要给孩子压岁钱，皇帝也要给王公、大臣赐品，例如在荷包里装有玉石或金钱银钱，或珍奇食物等。皇宫还有踩岁和熰岁两个活动。踩岁指在地上撒芝麻秸，踩到发出声响并裂

皇帝赏赐的荷包

开，寓意“岁岁平安”“芝麻开花节节高”；熰岁指在炭炉中燃烧松柏树枝，发出松香味，这是满族习俗。

除夕日，皇帝还会在保和殿宴请外藩使者，一、二品武臣陪宴。实际上，这是外藩来给皇帝拜年，宴请时有音乐、舞蹈、杂技助兴。皇家也会与百姓一样——遵守除夕守岁的习俗，不能睡觉，零点一过，春节的重头戏大年初一来了，这也是皇上最忙的一天。

时间倒回两百多年前——1783 年 2 月 2 日，这一天是乾隆四十八年正月初一，《乾隆朝起居注》《清实录》等史料非常详细地记录了乾隆皇帝是怎样过初一的。

在宫外爆竹声的渲染中，乾隆从养心殿寝宫出发，开始了他登上宝座之后的第 48 个新年之旅。

首先，他起身至养心殿东暖阁，一边翻看《四十八年时宪书》，一边在明窗前的御案上点燃玉烛，将屠苏酒注满“金瓯永固”杯喝下；然后悠然地拿起“万年杆”笔，在黄笺纸上用朱笔写下新年的第一句吉祥语：“四十

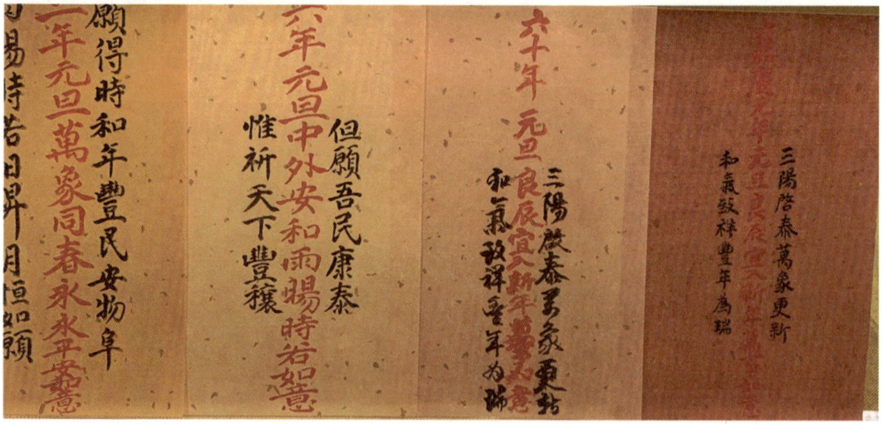

御笔写下吉祥话

八年元旦，宜入新年，万事如意。”再用墨笔写上：“三阳启泰，万象更新；和气致祥，丰年为瑞。”乾隆一生一共“元旦开笔”64次，这些吉祥的黄笺纸寄托着皇帝对国家的全部祝福。

然后是各种“拜”。子正一刻十分（0:25）驾临养心殿佛堂，拜佛；丑初（1:00）至奉先殿，拜先人；丑正（2:00）至乾清宫东庑祀孔处，拜孔子；丑正二刻（2:30）驾临乾清宫西庑药王处，拜药王。寅初（3:00）才得以驾临乾清宫，喝杯奶茶；寅初二刻（3:30）驾临弘德殿，开启新年第一餐——吃饺子。

皇上吃饺子全记录：4个饺子一大堆讲究

这次展览中的文物——“剔红大吉宝案”“剔红雕漆食盒”等为我们还原了史料中记载的皇上吃饺子的场景：殿门口，总管太监萧云鹏从首领太监李林手里接过一张剔红大吉宝案，毕恭毕敬放在皇帝面前。大吉宝案上摆放着如下菜品：铜胎珐琅碟盛安南小菜一品、铜胎珐琅碟盛水贝瓮菜一品、铜胎珐琅碟盛姜醋一品。

这时，御膳房煮好了饺子，接送饺子也需专人专送。另一名首领太监

剔红大吉宝案、剔红雕漆食盒，皇帝吃饺子专用器具

端着一个食盒进来，这是一个装饰着飞龙图案的雕漆食盒，首领太监杨住慢慢将盒盖打开，蒸汽中，四个水饺清晰可见。总管太监王进保将饺子连碟请出，递给皇帝的贴身太监厄禄里，厄禄里随即将饺子放在大吉宝案正中间那个“大吉葫芦”图案的“吉”字上，一切就绪，皇帝准备开动了。

据记载，让王进保从食盒中请出饺子可不是随意为之，进保即“进宝”，图个吉利。既然是皇帝，新年的福气要齐天，御膳房放进去两枚“通宝”，而且还得让皇帝吃得着，这才能给国家带来一年的好运气。这一天，在太监的暗示下，乾隆一共吃了3个饺子，把俩“通宝”都吃出来了，剩下最后一个饺子按照宫里的规矩送到佛堂供奉。

演奏“中和韶乐”的乐器

乾隆皇帝4点钟吃完饺子就一直忙个不停，包括到今天台基厂一带的“堂子”里祭拜一下老满族人崇拜的神，在重华宫写下新年的第一首诗，乾隆一辈子写过4万多首诗歌，不乏春节时题在朱栏短笺上的这些诗，但据说水平只能“呵呵”了。

6点钟午门钟鼓大奏，皇帝由内廷乘舆至中和殿。内大臣、侍卫、内阁翰林及詹事府、礼部、都察院等司礼官员先向皇帝行庆贺礼后，皇帝再到太和殿。中和韶乐奏起，皇帝至太和殿升座，随着鸣赞官发出“跪——”，王公大臣齐刷刷面向皇帝下跪。跪礼结束，殿外鞭声再起，中和韶乐复奏，皇帝回宫，文武官员退下。至此，元旦朝贺才结束。

乾隆很忙，一天赶场吃 4 顿

乾隆回宫后，先驾临乾清宫，受妃嫔、皇子拜，再去重华宫受贵人、常在拜，折腾到 7 点半，驾临漱芳斋金昭玉粹，终于可以吃早饭了。这是一场家宴，连同皇帝、妃嫔一共是 13 人。新年第二餐的菜单是这样的——拉拉一品、挂炉鸭子一品、挂炉肉野意热锅一品、燕窝芙蓉鸭子一品、万年青酒炖热锅鸭子一品、燕窝苹果脍肥鸡一品、托汤鸭子一品、额思克森一品、鹿尾酱一品、碎剁野鸡一品、清蒸鸭子鹿尾攒盘一品、羊乌叉一品、

复原“金龙大宴”

烧鹿肉一品、烧野猪肉一品、鹿尾一品、蒸肥鸡一品、竹节卷小馒首一品、番薯一品、年年糕一品、小菜五品、随送烧汤煮饽饽（饺子）、燕窝冬笋鸭汤一品、攒糖一品、饽饽十三品、奶子十三品、菜二品、干湿点心八品、盘肉十三盘、羊肉二桌。

不要误会，这只是皇上一个人桌上的菜。这么多菜皇上吃得了吗？任院长解释，这个还真不用替皇上操心，皇帝的饭菜虽然多，但有些根本动都没动过，皇帝吃饱后，剩下的饭菜会赏赐给臣子、后妃等食用，受赏的人感到很荣耀。这种赏赐不仅过年有，就是平时也经常有，不但避免了浪费，更重要的是很能笼络人心。吃个饭都这么多心机，果然是宫廷啊！

吃完早饭，乾隆接着忙，到宫外的大高玄殿、寿皇殿，沿北海东岸到西北岸的弘仁寺等处各种祭拜，11 点回宫，终于能歇会儿了，下午还有盛大的宗亲大宴等着他呢！

这次展览用近百件文物为我们重现了史料中记载的当年乾隆宗亲大宴的盛大场景，让人眼花缭乱，又羡慕不已。

器皿库大宴桌一张，银库黄缎绣金龙镶宝石桌刷一分；头路带象牙牌松棚果罩四座，两边花瓶一对，青白玉盘点心高头五品；二路青白玉碗一字高头九品；三路青白玉碗圆肩高头九品；四路雕漆果盒二副，两边青白玉碗苏糕鲍螺四座；五路青白玉碗膳十品；六路青白玉碗膳十品；七路青白玉碗膳十品；八路青白玉碗膳十品；两边揰手果钟八品；东边奶子一品，小点心一品，炉食一品；两边敖尔布哈一品，鸭子馅临清饺子一品，五寸青白玉盘米面点心一品；两边小菜四品；东边南小菜一品，清酱一品；西边糟小菜一品，青白玉碟水贝瓮菜一品。

下午 1 点 35 分，乾隆驾临乾清宫，大乐响起，大宴开始。一共 6 桌，共计 12 人，有 5 个儿子，1 个孙子，剩下 6 人中也只有豫亲王与和郡王是皇上的同辈。

最有意思的宫廷转宴开始了。所谓转宴，就是大宴桌上下的菜品在众人面前依次轮替，为的是与宴人可以充分享用所需菜品，整个过程由太监转送完成。殿内八路菜品和水果、点心被太监们端着鱼贯经过各位面前，连同亲王皇子等，场面看似纷乱，却毫无差错，各道菜品在转宴结束时仍然可以归于原位。就是苦了这些太监，别人坐着他们站着，别人吃着他们看着，还得端着跑着，这滋味不好受。

酒宴之后是进果茶时间，乾隆帝与亲王皇子等每人一碗。吃完，众人站起，向皇帝下跪并祝福新年安康，皇帝离席，大宴结束。剩下的饭菜依旧打包赏赐皇亲国戚和心腹大臣，这一年的赏赐名单里有一个大家熟悉的名字——和珅，看来真是深得乾隆宠信。

新年赶场到此，老皇帝真不容易。据史料记载，乾隆帝在乾清宫大宴后，竟然又吃了一顿！也许是光忙着和亲戚聊天没吃痛快。吃饭

故宫恢复的“天灯”

地点无记载，菜品有：白玉盘酒膳一桌十五品、吉祥盘一品（果子八品、菜六品）、捶手四品。

至此，乾隆帝的大年初一全部宴饮结束。吃了这么多，该如何消化呢？任院长说，据史料记载，老皇帝在这一天的忙碌间隙，还抄写了《心经》一部，把玩玉如意一柄，欣赏元人绘《岁朝图》一幅，并在上面题诗，乾隆这“雅好”一辈子没改，心疼被皇上各种题字的书画10秒钟。乾隆一天赶场吃4顿，但并不代表他是一个吃货。据记载，乾隆帝特别注意养生，否则也活不了那么久。

任院长还为我们解读了皇家春节活动背后的意义，这些烦琐的宴饮和祭拜，实际上是皇家作为清朝的“第一家庭”必须要做出的楷模，向全天下输出一种价值观，那就是父慈子孝、兄友弟恭，这也是传统文化的核心观念。清朝统治者们认为，这种道德教化胜于严苛的法律，是维护江山永固的重要手段。

接受朝贺、亲友相聚、吟诗作唱，皇帝应酬真不少

大年初一的重头戏过去之后，皇家过年的各种礼仪性活动相对减少一些，但仍然不得闲。据史料记载，咸丰四年正月初二（1854年1月30日）皇上是这样度过的：今天祭新月神，宫中要备月光神码，皇帝的穿戴华贵庄重。执炉太监张进忠、张进喜兄弟俩，引皇帝到坤宁宫磕头后，再到玄穹宝殿、钦安殿斗坛拈香。然后回坤宁宫坐南炕，皇帝赐王公大臣吃大锅煮的神肉。吃完肉，与一众大臣到弘德殿办公、乾清宫引见。

一连几天都是各种祭拜活动和公务，最倒霉的是“破五”这天，咸丰皇帝竟然整日在和大臣们讨论军务，商量着如何剿灭太平军，可见皇上没

什么心思过年玩乐。虽然他曾满怀信心地给军机处题写了“喜报红旌”匾额，但是他当时并不知道，自己至死都没有看到太平天国被镇压的一天。

据任院长考证，春节期间皇上通常还有一项重要的活动，那就是“重华宫茶宴”。这件事儿在乾隆之前的皇帝未见记载，乾隆因为特别喜欢作诗，所以从乾隆十年起，每年初二到初十之间，他都要找一天召大学士、翰林中善于作诗的人，到重华宫参加茶宴，起初只请 12 人，后来增加到 28 人。茶宴的主要目的是联句，实际是文人的雅集，即皇帝出第一句，众大臣押韵接下文。茶宴结束后，皇帝会将参与者喝茶时的瓷杯赏赐给各人，有时候还赏砚台、书画等。重华宫茶宴有点类似新春团拜会，皇帝赐饮三清茶，三清茶以雪水烹茶，加入松子、梅花、佛手。即席联诗，赏赐有差，体现皇帝对国家栋梁的殊恩隆眷。

接受朝贺、亲友相聚、吟诗作唱，皇帝的年节应酬真不少，那么皇上有没有休闲娱乐的时间呢？任院长给出了答案，大概只有听戏才是皇上难得的私人娱乐。春节看戏是皇家最爱的娱乐项目之一，有皇太后时皇帝陪着皇太后看，没有皇太后的话，皇帝和他的皇后、后妃、儿女一起看，那种合家欢的氛围基本等同于我们现在全家一起看春晚。

抽空听会儿戏，是皇上过年难得的私人娱乐

宫中唱戏有时候从早到晚演一整天，皇帝中途去接受朝贺、给老太后拜年、举行国宴等，之后再回来听。当时主要看昆腔、弋腔、皮黄，和我们现在的戏目并不一一对等。演员戏班有内学、外学两种，内学是太监组成的戏班，外学是民间戏班和一些内务府包衣演员戏班。

2019 年 1 月 9 日，在故宫对养心殿进行大规模修缮时，由于所有建筑

的局部都要打开查看状况，修缮人员在养心殿西配殿南山墙前檐金柱处的一个透风处，发现一卷纸质文物，确定是戏目折。戏目折如同当今春节联欢会节目单。

这两份戏目折记录了腊月三十日除夕那天演戏的地点、戏目、演员，经考证，确定这两份戏目折是道光年间的，更准确地说应是道光四年的戏目折。戏目在三个地方上演，分别为漱芳斋屋内“风雅存”戏台、漱芳斋院内“升平叶庆”戏台和乾清宫。戏目折上写道：当时在漱芳斋内部“风雅存”戏台上演《升平除岁》（昆腔），在乾清宫上演《金庭奏事》（弋腔），与文献记载对应。

大年三十开场的第一部戏叫《升平除岁》，有一个太平庄老人出来，看见国家升平，把国家好好夸了一番，说这一年过得非常好，也是对皇家、国家的一种赞颂。第一出戏大约早晨 5 点 18 分开演，为了听戏，皇上也是够拼的，毕竟这是他难得的快乐时光。

这么看来，皇上过年还不如我们普通老百姓自在，睡个懒觉的自由都没有，任院长表示“确实如此”。中国古代叫家国天下，家国一体制使皇帝具有双重身份，所以他每做一件事既有他个人的因素，同时也代表最高统治者，代表政权的意志，皇上这个职业真的不好干。

任院长告诉我，文献资料，包括每个朝代的《岁朝图》中记载的各种清宫过年物品，无不彰显着皇家为国家百姓祈福的愿望。例如“紫檀框大吉葫芦挂屏”，葫芦瓶里插了一根戟，下边挂一个乐器叫磬，还挂了两条鱼，寓意“吉庆有余”；瓶子里还插有牡丹花，也是富贵平安的意思；插的麦穗代表岁岁平安，五谷丰登。这和我们今天节日祈福，对美好生活的追求是一样的，也是希望国家富强、国泰民安！

《岁朝图》

任院长认为，源远流长的皇宫习俗是中国传统文化的重要部分，即使它在历史演变中有所变化，但它始终都是对民族传统文化的展示。皇宫年俗在盛大的同时，突出尊重先祖、亲爱家人，从家庭和谐做起才能营造更好的社会和谐，这正是传统文化的核心观念。

也许，反思传统文化中的这些正能量内容，将其融合到现代生活中，才是我们到故宫“过大年”的真正意义吧！

故宫守护者

穿着工作服和老布鞋的单院长

他5个月穿坏了20余双布鞋，成为第一个走遍故宫9000多个房间的人；他曾凝视1200座建筑，让它们一个个活了过来；他捡垃圾、拔野草、拆违建、成“网红”……他是隐藏在故宫里的“扫地僧”，他就是曾经的故宫博物院“特立独行”的院长——单霁翔，他说，要“把壮美的紫禁城完整地交给下一个600年”。

沾满尘土的工作服和老布鞋

2012年1月10日，单院长正式接任故宫博物院院长，到2019年4月8日，他在这个岗位上任职已经7年零3个月。当我第一时间听说他要退休了，有点惊住了，立刻四处求证，很快得到了证实。

我脑子里出现的画面都是单院长穿着沾满尘土的工作服和老布鞋，走在故宫里的样子，一边走一边随手捡着废纸，和身边的工作人员布置工作……

他就这样走了7年，每天都不会少于2万步，走遍了故宫的每一个房间、每一个角落。董卿曾经形容他“终日奔波苦，一刻不得闲”。

穿着老布鞋的单院长

7年来，他以一种开放的思路，运作了可以说是中国最大的IP——故宫，让开放区域从原来的30%逐步增加到了80%，让更多的文物从仓库里活过来，绽放光彩。但是这些仍然不能满足他的愿望，他借助互联网，让故宫成为永不打烊的“数字故宫”。他一步步实践着自己的诺言——“把壮美的紫禁城完整地交给下一个600年”。

在这里，我还是想记录一下一年多来，在故宫和单院长机缘巧合的几次偶遇。

单院长对记者非常友善，他喜欢和记者聊天，爱说敢说，如果碰上我这样上赶着的，更是聊得特别嗨。每次和他边走边聊的时候，我从来不觉得他是一个大领导，总感觉他是一个特别可爱，特别有意思的人，妙语连珠，满口段子，周围的人都会被他感染，跟着他走一天都不会觉得累。

记得第一次偶遇单院长是 2018 年元旦，要说完全是巧合也不尽然，因为早就听说单院长上任以来，每年第一天早上都要在午门迎接第一拨参观故宫的客人，每年最后一天都要在神武门参加封门仪式，送走最后一拨观众，年年如是。于是我们几个朋友就奔着“偶遇”单院长去了，果然没让我们失望。当时未及多聊什么，和单院长摆拍了几张合影就离开了。据说，每次都有不少像我们一样的观众追着单院长握手合影，单院长几乎是有求必应，很配合地展现他那萌萌的微笑。

单院长给观众讲解故宫

第二次偶遇是 2018 年 12 月 31 日，和几位朋友约着逛故宫，听说单院长在御花园巡查，就想着能再“偶遇”一次也好，于是斗胆在御花园迎着单院长走过去，打了招呼问候。没想到记性奇佳的单院长居然记得我是“去年那个穿白衣服的女记者”，他热情地招呼：“跟着我走吧，边走边聊。”这天上掉下来的大馅饼哪有不接着的道理？于是欣然和单院长来了个“故宫一日游”。

单院长的颜值没毁，大家放心了

那天，我怎么也没想到在故宫走了 15000 步，走得后脚跟生疼，从上午一直到晚上 7 点多，几乎和单院长一起度过了 2018 年的最后一天，也近距离看到了他是如何辛苦地工作的。听单院长一路聊了很多，心里最大的感想就是“他对故宫是真爱”，这个绝对是装不出来的。

当时特别吃惊的是单院长一边走一边捡起地上的废纸，就那样一路拿着，找到垃圾桶才扔掉。他身边的工作人员一点都不诧异，早就习以为常，因为这是单院长这几年来一直在做的事情，捡废纸，捡垃圾，捡烟头……

据说，故宫禁烟之前，单院长曾在故宫里捡到过 1000 多个烟头。“我走到哪儿捡到哪儿。他们就会用手机悄悄告密，院长奔东去了，你们快去，先把烟头捡起来。”单院长心知肚明却佯装不知，“其实我都知道这些猫腻。我就故意满院子走，故宫一下子就变得干净了，多好。”笑侃背后，是一位花甲老人一次又一次的弯腰。

有一次公开亮相，单霁翔脸上结着明显的痂。很多人偷偷打听情况，工作人员悄悄说：“院长看到台阶上有垃圾，直接过去捡，一个没站稳，把脸蹭破了。”那次摔得太狠，单院长脸上的痦子都给蹭掉了。好在后来，痦子又长出来了，单院长的颜值没毁，大家松了口气。

那次和单院长聊天，我印象最深的就是他说的一句话，他用调侃的语气自嘲：“故宫院长是个高风险的岗位，有今天没明天，整天提心吊胆怕出事儿。”但是单院长认为不能因为怕出事儿，就不开放，不拿出来展览，需要改变这个思维方式。

仔细交代工作

单院长的原则是“能开的全都开”，如今故宫 80% 都可以参观了，各种热展层出不穷，也逐渐成为人们热议的“网红”，殊不知“网红”故宫的背后，是单院长赌上了自己的乌纱帽和晚节！他顶着种种非议，就是为了让更多的人了解故宫，珍爱故宫。

这一次偶遇让我彻底沦为了单院长的粉丝，他的勤勉，他的大爱，他的魄力和魅力，他幽默背后的担当，都是那样的真实。有时候我常想，他对故宫得有多爱，才能承受这样重重的压力。

您说过的这些话还算数吗？

第三次偶遇单院长是在2019年大年初四，我到故宫看“过大年”的热展，之后在故宫食堂蹭了个饭，结果正好遇见单院长也在食堂吃饭，是一大盘饺子。我又斗胆上去打招呼，没想到单院长来了个热情的拥抱，我很欣慰在院长这里大概已经算是混了个脸熟，他肯定在想，怎么到处都能遇见这人呢？

吃完饭之后，单院长距离下午开会还有十几分钟的时间，于是又和我聊了一会儿。看得出单院长心情不错，他说，2019年虽然才过去了一个多月，但故宫通过1月份和春节期间的大数据进行分析，发现游故宫的观众和以前相比发生了不小的变化。

他说，如今一个明显变化是来看展览的观众多了，过去观众跟着导游来多是“到此一游”，现在很多人专门为看展览，午门的“过大年”展览每天4万左右观众，钟表馆也排起了长队。“有的观众跟我说1月份来了3次，多的还有5次的，很多人表示一年10次的年票根本不够用。”单院长一边说一边开心地笑起来。

让单院长欣慰的是，参观故宫的北京市民数量已经占据第一位，很多市民以前二三十年不来故宫一次，因为觉得故宫反正就那样，现在故宫总有新变化，可以上城墙，可以看热展，有看头。而且，中青年游客的数量也在增加，据2018年的统计显示：30岁以下年轻观众占40%，2019年继续增长达到50%左右。“观众在故宫滞留的时间加倍延长，过去一般逛一个半小时就走出去了，现在很多观众早上进门下午快闭馆了才走，有的是为了看展览，有的是为了照相，有的是为了感受节日气氛，有的是来看天灯和万寿灯，还有的甚至是来和朋友喝咖啡约会。”这些变化都说明，故宫越来越吸引人了，越来越受欢迎了，这正是单院长希望看到的。

焕然一新的故宫

他还惦记着2019年故宫的新任务，首先就是对故宫14组卫生间进行提升改造，解决观众如厕难的问题。单院长还透露，2019年故宫还将进一步扩大展览和开放，包括扩大周边，2019年大高玄殿也会开放，这个是很多人期盼已久的。“养心殿、大高玄殿、乾隆花园等目前都在进行研究性保护，所以速度会慢一点，但是将来成果会非常丰富。”单院长自信地说。

我清清楚楚地记得，在这几次偶遇中单院长对我说过的那些话。他说到了2020年，故宫所有的古建筑维修都会在那时竣工，故宫18年来将第一次没有工地，因为要迎接故宫600年的生日。他还说，这次春节“过大年”只是一个开始，今后端午、中秋等传统节日将被逐一开发，让观众能在紫禁城里感受到浓浓的节庆氛围，让更多文物藏品活起来……这些诺言还没实现，却等来了他退休的消息，我特别想问一句，您说的这些话还算数吗?

一激动，雨伞戳了单院长的脑门

第四次和单院长的偶遇是2019年春雪那一天，雪一开始下我就立马冲进故宫拍雪景，结果衣服尽湿、狼狈万状的时候，在故宫城墙上面，迎面遇见了带着一群客人参观的单院长，我赶紧上去握手打招呼，未及聊天就匆匆跑掉了，我想单院长肯定心里开始琢磨了：“这人该不会是个跟踪狂吧，怎么哪儿都有她呀？”

这四次“偶遇”有的尴尬，有的惊喜，它们是单院长留给我的珍贵记忆，但是我万万没想到，居然又有了第五次偶遇，就在他卸任的第一天。

2019年4月9日，北京气温骤降，风雨交加，因为要完成一项工作，我再次来到了熟悉的故宫，想起以往在这里和单院长聊天的快乐情景心里有些失落。走到左翼门附近，迎面忽然看见一张熟悉的面容，圆圆的脸，头上些许的白发，依旧穿着和原来一样的黑色工作服和老布鞋。我惊喜得呆住了。这时，单院长，不，应该叫故宫前院长，他也看到了我，他高兴地笑起来，我激动地跑过去和他拥抱，没留神手里还撑着雨伞，结果伞尖戳到了单院长的脑门，单院长一边揉着脑袋，一边笑容不减。

故宫处处都留下了他的身影

他对记者仍然一如既往地热情友善，他把我介绍给身边的新任故宫院长王旭东，王院长也热情地和我握手。新、老院长雨中一起巡视故宫的情景令人感动，听说，头天晚上新、老院长还一起夜巡故宫，忙着做交接工作。

这次偶遇真是意外惊喜。其实，离开了谁地球都会照样转，故宫也不例外，但毫无疑问地，今天的“网红故宫”已经深深地沾染了单院长的气质，充满活力，激情四射。真心希望，单院长离开后，故宫能一直“网红”下去。而我们的单院长，希望他能够脱下那双满是尘土已经看不出颜色的老布鞋，好好休息一下。

实际上，单院长是根本闲不住的，几年前他就说过：“我退休以后，想来故宫当一名志愿者，希望面试的时候手下留情。”我想，将来还有很多机会在故宫和他偶遇。

“大内总管”讲述家族往事

——梁家五代“故宫人”的文物传奇

像故宫里的大多数工作人员一样，今年 71 岁的梁金生每天会骑车从东华门进入故宫上班，中午到北门的食堂吃饭，平时就待在他的小办公室里，拿着一个比脸还大的放大镜研究文物和古籍，几十年他就这样过着低调而简单的生活。

2018 年年初，梁金生登上火爆一时的央视综艺节目《国家宝藏》，这一亮相，人们才知道，这位看上去很平凡的老人满身都是不平凡的故事。梁老是故宫文物管理处原处长，人称掌管故宫宝物的“大内总管”，一辈子负责管理、守护、寻找故宫文物。

对梁老而言，这不仅仅是一份工作、一份职责，更像是深藏在血脉中的一种宿命，因为梁家五代人都和故宫有着千丝万缕的联系。“每天面对文物，我好像在和过去的时空对话，和我的祖辈交流。”老人脸上带着惯有的微笑，操着不急不缓的京腔，说道：“都说一辈子做一件事不容易，而我们家是五代人都在做一件事——为故宫工作。”

“大内总管”梁金生

清点故宫文物看到高祖父的画

几经周折才约好采访梁金生，他在电话中很细心地叮嘱我，到了东华门给他打电话，他会出来接。如约而至的梁老带着我来到东华门附近一处僻静的小院中，这里是故宫文物管理处，统管紫禁城珍宝文物的地方。最北边的一间小屋就是梁老的办公室，陈设极为简朴，一桌、一柜、一沙发，多一个人进去就显得颇为拥挤。梁老丝毫不以为意，2008 年他退休后被故宫返聘，就继续每天来这个小院上班。

故宫以前有“接班”的传统，不少工作人员都是接父母的班进来工作

梁金生工作的故宫小院

的，所以两代“故宫人”并不少见，可是梁家与故宫渊源可以追溯五代，每当有人问：“像您这样祖上几代都在故宫工作的人，还有吗？”梁金生会操着一口京腔说：“有啊！”然后抖个包袱，“皇上！”

梁金生的高祖父是咸丰皇帝的宫廷画师，曾祖父在光绪年间担任如意馆掌管，他们的作品如今都是故宫文物。梁金生曾经见到过一幅《山水图》扇面，远山清廓，密布枯树瘦石，落款用小楷工工整整地写着“梁德润恭画”。这是故宫标号 8742 的文物，而落款处留下的正是他祖先的名字。梁金生数过，故宫收藏的文物中有 81 件高祖父的画，以小幅的山水、花卉居多。

梁金生的祖父梁廷炜本来子承父业，也做了宫廷画师，却正好赶上清朝灭亡，清帝退位。1924 年，溥仪被逐出宫，临时政府成立了“清室善后委员会”，负责对清宫旧藏文物进行系统点查，熟悉清宫书画收藏的梁廷炜成为其中重要一员，于是他从皇室服务人员成了第一批故宫博物院的正式员工。

在台中糖厂库房内清点文物，穿马甲者为梁廷炜

故宫历史档案中记录了当年清点文物的情形，“一人执笔，一人唱读，身穿特制无口袋的工作服，还以白带系紧袖口，双手无处可藏，以预防发生偷盗之事。”梁金生经常由此想象祖父的模样，因为他已经完全不记得

他的样子了。梁家命运多舛，后来遭遇亲人失散、骨肉分离的悲剧，竟也是和故宫文物有关。

兄弟姐妹的名字就是文物流转的轨迹

爷爷梁廷炜的命运如今看来颇为传奇，梁金生没机会听爷爷亲口讲那些故事，只是在家人聚会时间或谈起些片段，已足够惊心动魄。

“九一八事变”后，华北告急，为了抢救故宫文物不使它们落入敌手，专家提出“文物南迁”计划。1933 年 2 月 5 日夜，北平全城戒严，几十辆板车从神武门出发，直奔火车站，车上装的正是故宫博物院精选、打包好的 13427 箱又 64 包文物。押送文物的工作人员中，就有梁金生的爷爷梁廷炜，他们立下“人在文物在”的誓言后向南出发了。

梁金生的电脑里，有当年木箱子的图片。箱子长三尺，宽、高各一尺，

前排右二为梁金生的父亲梁匡忠

厚实、粗糙，铁皮在边缘裹了一圈，箱口有钉子留痕。祖父就是陪着这些松木箱子南下辗转。后来文物运抵上海，又分五批运到南京。梁金生的父亲梁匡忠和母亲来到南京追随梁廷炜，一起加入了运送文物的队伍，文物运输的过程中，17 岁的梁匡忠正式“入了宫”，也成为守护故宫文物的工作人员。

抗战爆发后，文物分 3 批西迁，运往贵州安顺“华岩洞”， 后运往四川巴县（现重庆巴南区）、峨眉和乐山。2900 多箱来不及运走，滞留南京。“十多年，文物走到哪儿，我们一家就跟到哪儿。”梁金生说，兄弟姐妹的名字，就是文物流转的轨迹。

走到四川乐山，梁匡忠认识了梁金生的母亲，然后结了婚。他们先后有五个孩子，名字都与出生地有关，梁匡忠的大儿子出生于四川峨眉，取名梁峨生；二女儿在乐山出生，乐山古时叫嘉定府，所以叫梁嘉生；梁金生是老三，生在金陵南京；还有个妹妹也生在南京，索性取了梁宁生；最小的弟弟在北京出生，叫梁燕生。

梁氏一家人就这样一直在路上过着颠沛流离的日子，兑现着那句“人在文物在”的誓言。1949 年，国民党海军运输舰把故宫南迁文物中的 1/4，共计 2972 箱分 3 批运往台湾地区，梁金生的爷爷梁廷炜作为押运人，带着妻子、二儿子、大孙子梁峨生跟随。大家都以为那是一次寻常的护送，哪料自此一别，不但国宝分散两岸，梁家三代也骨肉分离，梁廷炜直至 1972 年离世，再也没能回大陆。

在北京的梁家人 30 多年没得到一点亲人的消息，直到 20 世纪 80 年代，一位曾在“台北故宫”工作的文物专家来北京交流，偶然提到了梁廷炜。梁金生赶忙代表家人写了一封家书，寄到“台北故宫博物院”，信件最后辗转到了梁金生的大哥梁峨生手中，几年后，梁家人才真正团聚。梁金生从祖父的同事们口中得知，当时初到台湾地区，大家还做着随时回去的准备，

前排左起姐姐嘉生，母亲刘玉峨，大哥梁峨生，祖母李书清；后排左起三叔梁匡权，父亲梁匡忠，二叔梁匡启（1947 年）

直到“台北故宫博物院成立”，大家才意识到，怕是回不了家了。祖父后来一直在“台北故宫”做文物方面的工作，一家人虽然被海峡阻隔，却依旧在做着同样的事情。

接着做祖父和父亲没做完的事

中华人民共和国成立后，文物分批运回北京故宫。1954 年，梁金生的父亲梁匡忠押运第二批文物北返，成为故宫负责保管文物的干部，全家人也跟着回到北京。每到假期，梁金生都会提着饭盒进宫给父亲送饭，顺便在宫里逛一逛、玩一玩，“就跟自己家一样亲”。

由于祖父的事情，梁家多年来莫名其妙背负着“海外关系”的罪名，梁金生求学、工作遭遇了不少挫折，受尽冷眼，那时候他一心就想着一定要到故宫工作。“因为我家几代人的事情故宫都了解，都清楚，我相信只有故宫不会歧视我。”

1978 年，梁金生从内蒙古插队归来，因为超龄，31 岁的他只能进故宫工程队，成为一名瓦工。每个春天，他都要爬上宫院屋顶，用红色的瓦刀把琉璃瓦的缝隙重新压一遍。这个技术百年未变。他远眺藏书阁及北京城，时常想起爷爷。

做了 5 年瓦工之后，梁金生被调离工程队，来到东长房的保管组（故宫文物管理处的前身）工作。正是在东长房内，梁金生第一次见到了爷爷在 20 世纪 20 年代参与编辑的文物目录《故宫已佚古物目录二种》和《故宫已佚书籍书画目录四种》。此后，梁金生开始了与祖父、父亲相同的工作——点查文物，追寻遗失珍宝。

直到今天，梁金生的办公桌上依然放着这两本书页发黄，又有点脆弱不堪的小册子，它们已经跟随了他几十年，日日翻动，魂牵梦萦，甚至成了他的一块心病。这上面记录的故宫散佚文物大都是溥仪退位前赏给溥杰带出宫外的。当初，清室善后委员会公开发行过这两本册子，就是希望众人知晓，促使遗失文物早日回宫。“共有 2859 件散佚的文物，何时才能都回到故宫啊？”老人长叹一声。

对这批文物的寻找和追查已经进行了 80 多年，从 1925 年故宫博物院成立后就开始了，先是接收了溥仪在天津旧宅和东北留存的东西，又通过购买和接受捐赠的形式进行征集和收购。1945 年，隋代展子虔的《游春图》

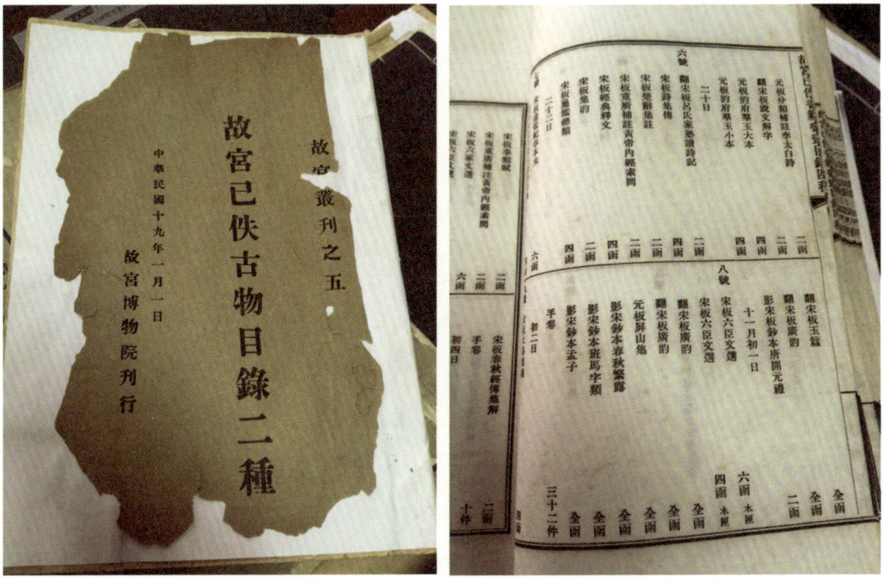

梁金生爷爷 20 世纪 20 年代参与编辑的《故宫已佚古物目录二种》

从长春伪皇宫中流出，著名收藏家张伯驹卖掉 13 亩的宅院，凑足 240 两黄金买下。1956 年，张伯驹将收藏品中的 8 件珍品无偿捐献给故宫，其中就有《游春图》和同为清宫旧藏的《平复帖》。

20 世纪 50 年代，在周恩来的过问下，文化部从香港重金购回王献之《中秋帖》、王珣《伯远帖》，以及唐韩滉《五牛图》等国宝级文物，交给故宫珍藏。

每次，见到书画大家徐邦达、启功等老先生，梁金生都要问一问："最近有没有什么新线索？还有哪些地方可能存着咱的宝贝？"我注意到书中还夹着一些小纸条，纸质也已经发黄，梁金生说，那是他的老同事们追查到的线索，蛛丝马迹都会记录下来，后人会沿着这些线索继续查找，就这样一代一代查下去。

每回来一件文物就画一个圈

在梁金生的办公室，我看到两本小册子上，用铅笔画着一些小圆圈，他告诉我，每个小圆圈就是一件回归故宫的宝物。每次，有清宫旧藏回宫，梁金生都会如前辈一样在“目录”上郑重地画一个圈，几十年过去了，这上面一共画了 235 个圈，每一个圈背后都是一个千回百转的故事。

20 世纪 80 年代有一段时间梁金生欣喜若狂，“那时候来故宫捐赠文物的人特别多，每天一早，景仁宫外都要排长队，不少人是因为‘文革’时家中古董被抄，落实政策后虽然归还了，但人们心有余悸不敢放在手里，就想到捐献或者卖给故宫，那时候故宫收购一件唐寅的真品才 600 元”。

从 1984 年开始，故宫所有的捐赠文物都要经过梁金生的手，可以说是他亲手把这些宝贝迎进了故宫。给他留下深刻印象的是，有一位河南农民何刚，他在自家院子里挖出一缸银器，找到梁金生，全部捐给了故宫。经鉴定，这缸银器共 19 件，均为元代酒具，正好弥补了故宫馆藏元代银器的空白。故宫给他颁发了“捐献证书”，还有 8000 元奖金及 1000 元路费。2017 年 6 月，何刚因意外去世，故宫还特别为这位农民举办了一场追思会。

这段故事已经广为流传，梁金生又给我讲了一段鲜为人知的故事。1985 年 5 月，海拉尔鄂温克自治旗农民白德贵在西公社东山子山顶处发现了 22 件远古石器，他于 1986 年 2 月 4 日捐赠给故宫博物院，故宫当时给他颁发了奖状和 400 元奖金。故宫专家认为这些文物制作精致，有很高的研究价值。实际上，这批文物是距今 7000 年的“哈克文化”遗存，而“哈克文化”在近几年才受到世界范围内的广泛关注，在呼伦贝尔草原上发现了大批古遗址和古墓葬，故宫接收的这批文物目前成为珍贵的研究史料。“可见故宫独具慧眼，30 年前就认识到了它们的价值。”梁金生为自己亲手接收了这批宝物而感到自豪。

进入 20 世纪 90 年代之后，随着拍卖行的出现，文物捐赠逐渐减少，故宫也开始通过拍卖会购买文物。故宫第一次在拍卖会上亮相，举牌的人正是梁金生。

梁金生在拍卖会上代表故宫举手

1995 年秋，北京瀚海公司举办的一场拍卖会上，梁金生和时任故宫博物院副院长杨新低调地出现了，平时穿着休闲的梁金生这天特意穿了套西装。拍卖会过半，梁金生和杨新不时低头耳语，却一直没出手。“《十咏图》，660 万元起拍，有没有人加价？”梁金生马上举手示意。“故宫出手了！”现场顿时热闹起来。随即，另外两位买家也举牌加价，梁金生马上追加，最终以 1800 万元购得《十咏图》。

《十咏图》正是被溥仪当年以赏赐溥杰的名义盗出宫，偷运到长春的，伪满洲国政权覆灭时，《十咏图》被窃，此后 50 年不知下落，却意外出现在拍卖会上。当价格拍到 1800 万元的时候，梁金生坦言他当时“心里一惊，因为太贵了”，然而故宫已下定决心，花多大的代价，也要让它“回家”。

拍卖会结束后，回到办公室，梁金生拿出《故宫已佚书籍书画目录四种》，翻到记录《十咏图》的那一页，小心翼翼地在上面画了一个圈。

查清故宫文物总数后，他喜极而泣

很多年来，梁金生心中一直有个未了的心愿，就是查清故宫文物的总数，身为“大内总管”，如果连故宫的宝贝有多少都不知道，梁金生觉得那是自己失职。80 多年前，梁金生的爷爷曾参与了故宫博物院的第一次文物清查。“数清楚了，对得起前人，对后人也是个交代。”

历代皇室，包括故宫建院后相当长时间，文物都存于地上，冬春风沙、夏季高温，条件很差。1990 年，故宫地库启用，内设大小库房百余座，单是防盗门就价值不菲。文物大批量转移到地下，清理登记是个难题。辛苦征集回来的文物，不允许有一点闪失。2004 年，故宫迎来第 5 次大清理。对就要退休的梁金生来说，这可能是最后一次机会了。“我跟院长都急了，必须把文物清理工作当成中心工作。”这次，梁金生终于如愿了。

艰难而繁杂的文物清理工作就这样开始了。此后 6 年，故宫有近 200 人，天天穿着“紫禁城”的招牌蓝大褂，穿梭在不同的库房殿堂之间，一座座库房、一件件藏品、一张张卡片、一页页账目地核对，做着当年梁金生的爷爷做过的工作。

过去，故宫记账靠手写，年代久远，翻看账目时“5”和“8”经常分不清。解决这个问题没有他法，只能重新数一遍。总账和各库房的分账有时会不一致，到底是谁出了错？又要把数十年来进库和出库的东西全都核一遍。好几次，梁金生派人去其他博物馆查：当年故宫拨交给你们到底多少件？还有时，账对上了，东西找不到了……

不光是数，还得核对尺寸、重量、时代、级别、什么时候入院、什么时候销号、现状如何、附件有多少、专家的鉴定意见、绘画上有哪些章。早前皇帝喜欢在画上盖章，类似“到此一游”的意思。

故宫前副院长李季曾说，梁金生把文物的编号看得比命还重，若想让他销一个号或者加一个号，比登天还难，简直是“活要见人、死要见尸”的架势。对此，梁金生没有否认，“所有的清点报告都是我审的，合不合格都是我一句话，从地面哪个库房运到地库哪个库房，谁运输的，都有详细记录”。清点后的文物账本堆满了整整一个大柜子，梁金生似乎把这些账本都印在了脑子里，哪件文物在哪个账本上，哪些找到了，哪些还没找到，他都心里有数。

2010年12月，当梁金生走出清史馆的瓷器库房，完成最后一项验收报告的审核时，故宫有了建院以来藏品数量上第一个全面而准确的数字——1807558件（套）。在故宫召开的总结大会上，已经退休的梁金生激动地流下了眼泪，他说这是“喜极而泣”。这是梁金生的愿望，也是几代故宫人萦绕心头的大事，“弄清楚了，心里特别痛快！”梁金生长舒了一口气，说：“这里不但有责任，更多的是情感。”

梁家五代人对故宫的情感，对国宝文物的情感，已经深深融进了家族血脉。走在红色的宫墙下，梁金生想象着祖先们也曾如自己一样在这里默默行走，默默守护，在这里他似乎完成了和祖先的对话。

一代一代故宫人默默行走在这宫墙深处

为国宝正名的青铜大师：杜廼松

在故宫博物院，工作着许多文物专家，他们数十年如一日埋首深宫，和文物相伴一生，寂寥而幸福。随着一些关于故宫纪录片的热播，“宫里

杜廼松

的生活”成为百姓关注的热点，这里的文物专家也更多地进入大众视野。

笔者走进故宫，拜访了在故宫工作了50多年的著名学者，他就是青铜文字大家杜迺松。

半个多世纪的“故宫人”

进故宫神武门一路向西，进入非游览区，沿着红色的宫墙走不多时，就到了故宫博物院科研处。走进去是一个古朴雅致的四合院，院子里花木扶疏，果实累累，抬眼望去可以看见不远处的故宫角楼。站在院中，只觉得远离尘嚣，心神俱静。

故宫博物院科研处

院子的一角，有一间办公室，敲开门，迎出来的是一位满头银发的老先生，一口京腔，精神矍铄，带着老北京人特有的周到与热情。他就是故宫博物院资深研究员、著名学者、国内首屈一指的青铜器与古文字研究和鉴定大家，已到耄耋之年的杜廼松先生。

伏案工作的杜老

屋子四处堆满书和资料，几乎没有更多落脚的地方，这便是老先生工作了多年的研究室。说起《北京晚报》，杜老感情颇深，“我喜欢看晚报，北京人的报纸啊。我还给晚报投过一些稿，其中发表过一篇文章叫作《燕园忆往》，回忆北大生活的，那是很多年前了”。

杜老 20 世纪 50 年代就读于北大历史系，他选择考古专业，就是因为“始终被那种神秘感所诱惑”。一入考古深似海，一研究就是一辈子，无数国宝级文物过手，他凭着一双“火眼金睛”，探究它们的前尘过往，破译它们的故事与奥秘。“弄明白了，就不神秘了。”杜老微笑着说。

杜廼松大学毕业时 20 多岁

就分配到故宫工作，大半生几乎都是在故宫红墙内度过，“好些次有单位想把我调出去，我都拒绝了，我喜欢守在这里，研究我喜欢的专业”。墙外风云变幻，潮起潮落，而墙内云卷云舒，宠辱不惊。他每天骑着一辆自行车悠然往返于不远处的家和故宫之间。“你们知道吗？自行车是故宫里最好的交通工具，老‘故宫人’几乎都骑车。”在故宫工作的人习惯自称为“故宫人”，杜老笑得像个孩子。他对自行车有着特殊的喜爱，从上北大的时候就喜欢骑车满世界逛，直到半年前他才放下骑了一辈子的自行车。

红色的宫墙下，那个骑着自行车的风华正茂的青年日复一日、年复一年地经过，直到皱纹爬上额头、青丝变成银发。50多年的时光如同白驹过隙，就这样匆匆逝去。他的心里，却装着中华上下五千年，他通过青铜器上的铭文和古人对话，沧海桑田不过一念之间。

杜老工作的小院

命运多舛的司母戊鼎

杜老一生鉴宝无数，最著名的当属“马踏飞燕”“司母戊鼎”等国宝级文物。国之重器司母戊鼎几十年来令他魂牵梦萦，他从20世纪80年代开始就做了很多精深的研究，直到不久前还撰写了新的论文《司母戊鼎铭文形音义研究》，对学界争论已久的“司母戊鼎”还是“后母戊鼎”的问题做出了严密的考证。

司母戊大方鼎因为收入了历史教科书，几乎每个中国人都知道，可是关于这个古鼎的传奇故事和它的来历用途，大多数人却并不知道。

1939年3月，河南安阳武官村的吴培文的叔伯哥哥吴希增在野地里探宝，探杆探到13米时，碰上了坚硬的东西，拔出来一看，探杆头上带着铜锈。当晚，他们找了十七八个人，趁着夜幕动工挖掘，为了防备日本人，到天亮再用原土封住洞口。第二天晚上，挖掘队伍扩大到40多个村民，连挖了三个晚上，抬上来一个铜锈斑斑的庞然大物，这正是震惊后世的青铜器国宝——司母戊鼎。

早在1937年11月，安阳就被日寇占领。大方鼎出土后，村民们将之秘密运回村中，暂时埋到了吴培文的院中，用柴草伪装好。可很快就有人走漏了消息，向当时驻东营飞机场的日本警备队队长黑田荣报告此事。

不久，日本人派兵进村搜宝。将吴家大院翻了个底朝天，无功而返。原来吴培文将大鼎埋到了自家马棚地下。第二次，日军来了三辆大卡车，一进村，就架起了机关枪，四处搜寻。由于吴培文在马棚做了伪装，还泼了泔水，日军这才没有找到大鼎。

这之后，机智的吴培文买了一个青铜器，藏在自家炕洞里。不久，日本兵和伪军又进村了，抢走了那个买来的青铜器。此后，吴培文远离家乡避难，直到抗战胜利才回到安阳。

1946 年 6 月，吴培文在当地官员的劝说下把大鼎从吴家大院东屋挖了出来，上交政府。1948 年，大鼎首次在南京展出，轰动了整个南京城。据记载，蒋介石曾亲临参观大鼎。

1949 年国民党撤往台湾地区时，原有意将大鼎运往台湾，但由于大鼎过于沉重，最终“流落”在南京飞机场。后被中国人民解放军发现，转移到南京博物院。1959 年，中国历史博物馆建成，司母戊鼎被专门从南京调往北京，成为国家博物馆的镇馆之宝。

古鼎定名的学术论争

杜老告诉我：“当时这个大鼎并没有名字，当地村民一直叫它‘马槽鼎’，因为形似马槽；后来又称为‘安阳大鼎’，这是以它的发现地命名的，都是很淳朴的名字。”不过，文物专家给古鼎命名通常都是根据鼎内部的铭文，用鼎主人或者做器者的名字来命名。于是，早期郭沫若先生和范文澜先生都称大鼎为司母戊鼎，这一名称一直沿用了数十年。

杜老对司母戊鼎一直有着很深的感情，因为它是中国青铜器的瑰宝，“青铜器，国之大器啊！”他感叹，虽然曾经考察过无数青铜国宝，但他始终对司母戊鼎念念不忘，并进行过精深的考证研究。

1980 年，杜老首次考证出司母戊鼎的年代为殷墟前期，是祖庚、祖甲为祭祀母亲戊制作的青铜器，与当时学术界认为古鼎诞生于殷墟后期的观点不同，这篇论文震动了国内外的考古学界。

杜老的依据来自 1976 年在安阳挖掘出的另外一座殷商古墓——著名

的妇好墓中出土的古鼎。妇好是商王武丁三个法定配偶中的一个，也是商朝的一员女将，武艺超群，跟外族的征战中，妇好一出战，每次都能得胜。

妇好庙号为“辛”，妇好墓中出土有两百多件青铜器，其中两件大方鼎和兕觥（sì gōng，古代盛酒或饮酒器）等器物都有“司母辛”三字铭文，应是武丁的儿子祖庚、祖甲为祭祀“母辛”而做。

杜迺松在论文中指出，商代青铜器铭文字的结构和字体特点在同一发展阶段内是基本相同的，司母戊鼎铭文和司母辛鼎的铭文书法特点相近，这说明两器的制作时间也是接近的。因为司母辛大鼎的时代可以确认，它是属于武丁到祖庚、祖甲时期，从司母戊鼎的铭文内容、字体、造型、花纹和铸造等考察，也应属于殷墟第二期武丁、祖庚、祖甲时期。杜迺松据此考证，母戊是武丁另一位配偶，而鼎是祖庚或祖甲为其母戊而作。司母戊鼎应是殷墟前期作品。这一观点已经得到学术界的普遍认同。

然而，近年来围绕着司母戊鼎的名字，却风波再起。有学者提出，“司”字应作“后”字解。把“司”改为“后”，实际上是否定了从前把“司”理解为“祭祀”的说法。一些专家认为“后母戊”的“后”字其意义相当于“伟大、了不起、受人尊敬”，与“皇天后土”中的“后”同义，应改为“后母戊”，意思相当于：将此鼎献给“敬爱的母亲戊”。

2011 年 3 月底，中国国家博物馆新馆开馆，司母戊鼎亮相时标牌已赫然显示“后母戊鼎”。央视播出后，随即在社会上引起轩然大波，“司”“后”之争也由学界扩展到社会层面，甚至出现了尴尬的局面。中国国家博物馆称“后母戊鼎”，而在其出土地殷墟，国内唯一以文字为主题的国家级博物馆——中国文字博物馆，它的释名仍为“司母戊鼎”。

要把这一个字的事情弄清楚

古鼎定名的众说纷纭让杜迺松深感不安，本着老学人的那种专注和较真的劲头，他决心要把这一个字的事情弄清楚。为此，杜老查找翻阅古书典籍，研究祭祀礼俗，对各时代的古文字进行反复对比，深入考证，终于找到司母戊鼎的“司”字令人信服的证据。杜老的论文于2016年8月发表，立即引起了文博考古界的关注。

杜迺松认为，从科学角度分析，大鼎称“司母戊鼎”是准确恰当的。他指出，大鼎铭文字“司”字，按许慎《说文解字》云，其结构“司，从反后”，用通俗语言解释，即“司”字为“后”字的反写。对许慎的解释，如单纯从“司”字的字体建构上看，此说法似无差错。但他在这一名著中，对“司”字的解释仅仅是从字形结构上予以阐释，并未提到“司”字有“后”义，说明了“司”字与“后”字，非同义。“两个字的意义不同，不可以相互为用，不是转注字；两个字音不同，不相近，互相不可假借。”

杜迺松进一步指出，《说文解字》将“后”字与“司”字分别列出，分属“后部”和“司部”。不少资料证明，早期甲骨文、金文中“后”字的写法，一般写作“毓”，不写“后”。“毓”即“后”字，甲骨文与金文有较多的例证。而且，甲骨文、金文的“毓”作“后”时，其义多指先公先王，并没有“王后”的意思。较多资料证明，“司”字非“后”字，从金文资料考察来看，“后”字的写法，要到春秋战国时才出现，战国印玺等沿袭了“后”字的写法。在出土或传世的文物中，“后”字写法的出现，离司母戊鼎的时代殷墟前期相差将近千年。

杜迺松认为，安阳大鼎铭文的“司”字不可作“后”解，还可以从使用大鼎的祭祀者和被祭祀者之间的关系来说明。1976 年，在河南安阳殷墟发现妇好墓，在出土的铜器中，两件大方鼎上有“司母辛”铭文，他从甲骨文、金文、考古学、书法艺术等诸多方面考察，证明了“司母戊”鼎之“戊”与“司母辛”鼎之“辛”同为商王武丁王配偶。进一步确立了两鼎的年代均属殷墟第二期，武丁至祖庚、祖甲时期。按此，“母戊”应是商王祖庚和祖甲之母辈。“母戊”称谓清楚地表明了被祭祀的对象与祭祀人的辈分关系。“母戊”即为祖庚、祖甲之母辈，祭祀者应为祖庚或祖甲。“司母戊”之“司”与祭祀之“祀”字，声音相近，“司”字无疑可假借为“祀”字。《尔雅·释诂》：“祀，祭也。”商周青铜器作为重要礼器，其中一个重要功能就是作为纪念死者的祭器。

杜廼松还对古代的祭祀礼仪进行了考证。他指出，卜辞有“司室”一词，“司室”即“祠室”，即宗庙内的祭祀之所宗祠。还指出，对大鼎的“司”字，可以这样理解，实际上是“祀”或“祠”的简化字，从声韵上看，更贴近于祀字。他认为，大鼎的“司”字，解释成“祀”字更科学、更合理、更准确。“司”字，在音、义上即与“祀”字相通，“司母戊”三字即可直接解释和破译了，即“祭祀母亲戊”。他提出了这样的疑问：“如果把‘司’字作‘后’字解，试想儿辈怎能将其父武丁王的配偶在祭器上直接称为‘后’呢？从典籍看，这也完全不合商周时代严格有序的礼仪制度。”

“国之大事，在祀与戎。”杜廼松认为，从“司母戊”大鼎形体之硕大、铸造之精良、装饰之诡谲、铭文之宏放典雅等特点看，体现了殷商时期高级贵族对祭祀礼仪的重视和隆重程度。他多角度研究考证了大鼎铭文的形、音、义，大鼎称“司母戊鼎”是恰当的。

杜老费尽心血，终于完成了对古鼎名称的考证，符合青铜器定名“名从主人”的原则，杜老终于完成了自己的心愿。

青铜器修复专家——王有亮

在故宫里，日子过得很慢，因为没有什么值得着急的事儿，手头的活要一点一点做，时间似乎也静止下来；在故宫里，日子过得也很快，还没察觉，满头青丝就变成了白发，回头看只做了一件事。

“不知不觉就老了。”王有亮说，他 19 岁进故宫，还是个爱说爱闹的小伙子，转眼 35 年过去，他已经成为故宫青铜器修复专家和“非遗”传人。那些国宝级文物经过王有亮的巧手，上色、做锈，肉眼已经无法分辨究竟是出土文物还是可以乱真的人工修复，这是至今鲜为人知的传统工艺，由在故宫工作的师与徒一代代默默地延续着。

这些年中国发生了太多的变化，无数人在欲望中挣扎沉浮，可是深宫中的王有亮却似乎感受不到，一颗心越来越静，越来越专注。他说：“故宫的墙太厚了，外边的风吹不进来。”

骑车出宫执行“特殊任务”

和王有亮约好在故宫西门见面，远远就看见他推着一辆电动自行车等在门口。这辆车在《我在故宫修文物》中出镜后就变得相当有名，大家都知道他会经常骑着这辆车出宫执行一项“特殊任务”——到宫门外抽烟。

王有亮话不多，张嘴就是一口南城京片子，他在牛街住了几十年。说起拍纪录片那段经历，王有亮笑着说“其实当时挺烦的”，因为无论干什么事儿总有一群人跟着，有点别扭。他没想到这个纪录片后来能这么火，他这个本打算在深宫中默默无闻工作一辈子的人忽然出了名。

但是王有亮并不觉得如何，世人眼中的传奇在他不过是日常生活，宫里的日子还在照常一天一天继续，他心里仍然在琢磨着手头的活计。他正在和徒弟高飞修复一批从汉朝海昏侯墓出土的青铜器文物，已经做了一年多，也差不多该收尾了。

徒弟高飞已经跟着王有亮

王有亮每天骑车上下班

在故宫工作了 10 多年，说起这个徒弟，王有亮觉得挺满意。“青铜器修复，你得真感兴趣，还得踏实、心静，有些孩子来了，学了一段时间觉得烦了，就走了。其实我们比起我师父那会儿，已经宽松了太多。但还是得真正爱这一行，才能待得下去。”

在他们的手下，一件件青铜器得以恢复原来的面貌

看着高飞，王有亮总会想起 30 多年前自己跟着师父学艺的那段日子，当初师父确实没有他对待自己徒弟那么宽松，为了把他那颗闹腾的心“扳”得安静下来，可没少给他苦头吃。“心急吃不了热豆腐，闹心修不了青铜器。”王有亮一直记着师父的这句话，师父话不多，但有时候会冒出一句这样的冷幽默。

代代相传的独门手艺，中间是师父赵振茂，右一为王有亮

1983 年，19 岁的王有亮从国家文物局和鼓楼中学合办的“文物班”毕业，顺理成章地进了故宫，师从青铜器修复大师赵振茂。说起师父，王有亮是由衷的敬佩：“我师父，是故宫著名修复专家赵振茂先生。赵先生的青铜器修复，那是国内外闻名的，首屈一指。”

赵振茂 15 岁学徒，是“古铜张”的第三代传人。1952 年，故宫的老院长吴仲超从全国选拔青铜器修复高手，亲自把赵振茂请来，绝对算得上故宫里搞文物修复的第一批元老，著名的国宝级文物“马踏飞燕”就是经他的手修复的。

一个礼拜调不出色难受死了

令人难以想象的是，如今沉稳平和的王有亮上学时是班里出了名的“闹将”，爱说爱玩，让他安静坐会儿都不容易。“当时就觉得憋得难受，我喜欢滑冰、游泳、弹吉他，中午就午休一个小时，宁肯不吃饭，也得出去玩儿，即使在院子里也是踩个凳子摘杏摘枣，一刻也闲不下来。”

赵振茂给王有亮立规矩：上班不能说话，不能闲聊天，给你个复制品，整整一上午你坐那儿打磨，再想说话也得憋着。“一出声就挨训”，其实这是师父在想着法儿“磨”他的性子，一切就从磨青铜器开始。

当时，正赶上英国一家博物馆要复制一批青铜器，共有 32 种，每种 50 件，这项任务成了新来的这批学生练习基本功的好机会，因为修复青铜器必须从复制学起。大师兄带着王有亮等一拨儿小师弟们做铸造、打磨，师父只在最关键的一步“做旧”的时候才上手。

磨到什么份儿上算行？师父给了标准：“表面跟剥了皮的熟鸡蛋一样，古代器物制作的时候就是这个规矩。”王有亮是个实在人，师父怎么说就怎么做，他知道在师父面前那些偷懒的招数都不管用，师父都不用眼睛看，只用手一摸就知道打磨得合不合格。于是，王有亮就老老实实坐在那里打磨了三年，手掌和指头的纹路都磨淡了，漫天的铜末子飞到身上，夏天一出汗，别说手了，鼻子、脸，浑身都是绿的。

三年过去，任务完成，用师父的话说，王有亮“浑身的躁气都化了”，人也慢慢沉静下来，这才算在这个行当里入了门。王有亮干活这股子认真不惜力的劲头打动了师父，他最终成了赵先生的关门弟子。

王有亮的日常工作

故宫的很多技艺是代代相传的，虽已经没有了旧时代手艺人拜师的那些老规矩，但仅凭师父口传心授，师徒关系当然不一般 。“在不熟的人眼里，我师父是个不善言表的人，更多时候‘活儿都在手上’。但他对我特别好，而且特有冷幽默。现在虽然很少有人讲究师徒关系了，但师父就是师父，算是亲人。”

赵先生到 75 岁以后身体状况变得不太好，在这之前的七八年，王有亮几乎天天跟他一起工作，师父把他的一身绝技倾囊相授。跟大多数中国传统手工艺一样，除了吃得了苦，优秀的匠人还必须有天分，比如青铜修复这个行当里“做旧调色”这个步骤，师父领进门，剩下的就要靠自己参悟，有几次还真把王有亮难住了。

“做旧调色这个步骤很难，完全凭感觉，比如说一件器物，你看它是绿锈，它绝对不是纯绿，里边多少是有黄的，有红的，有各种颜色，就跟画油画似的。”这种对色彩的感觉师父教不来，只能靠自己慢慢摸索，经验就是一次一次试出来的。有时候花了很多力气调好色，师父只一句话“你这个色不对，里边欠点红露着底儿哪！”直接拒收，王有亮就得拿回去重新琢磨，有时候甚至得把已经补好做好的锈色全部用药水洗掉了重新做。

王有亮回忆这段学艺经历很是折磨人，“有时候就是调不出来正确的颜色，一个礼拜都调不出来，难受死了”。直到今天，遇到调色这个步骤王有亮仍需琢磨半晌，才慢慢上手。“干我们这行儿有规矩，灯下不做色，阴天也不行，就得是自然光。也没听说过用称量颜料克数的，都是凭手感。”

把一堆碎片恢复成国之重器

王有亮工作的故宫文保处青铜修复组原来在西六所冷宫的一个小院子里，如今统一搬到了故宫新建的“文物医院”，西门附近一长溜灰瓦红窗的房子，宽大敞亮，远远可以看见西北角楼，虽然搬了家，但王有亮手头的工作一如既往，唯一有点遗憾的是原来院子里的猫没跟过来。

青铜修复是故宫文保处一项重活儿，因为故宫收藏青铜器16000多件，是中国青铜器藏品最多的博物馆之一。清代，清宫内务府造办处内有专门机构负责征召各地能工巧匠仿制、修复青铜器，逐渐形成了一套工艺规范的传统手工技艺，这项技艺代代相传，如今的“非遗”传人正是王有亮，他担负着传承故宫绝技的重任。

“文物医院”

在故宫的 35 年，王有亮不知道过手了多少国宝级的文物，不过他跟师父一样，几乎从不主动提，非得你追着问，他才偶尔说两句。

“大家问得最多的，就是春秋时期的莲鹤方壶。”王有亮说。

王有亮修复的器物很多，最出名的应该是春秋时期的“莲鹤方壶”，它是国家一级甲等文物，无价之宝，也是故宫博物院收藏的重器之一。它被送来的时候，方壶的器腹裂开不规则形状的大口子，耳朵也掉了一个。

焊接耳朵、补配腹部参差不齐的口子，再往上做旧，王有亮花了半个多月的时间，救活了这件稀世珍宝。“两千多年以前，先师们就在铸造、雕塑、工艺造型等方面达到如此高超的水平。我可是怀着崇敬的心情修复的。”一位文物专家鉴定后说，如果不出意外，这件青铜器至少延年了一百年，不用再修了。

经故宫修复后的与莲鹤方壶齐名另一国宝级青铜器：虎足方壶

还有破损更为严重的文物，曾经有一个从湖南收的青铜卣，整物是 30 厘米见方，但却碎得都跟蚕豆那么大。王有亮当时就有点发懵，他想了各种办法，最后决定先拼四五个小块，然后连接成一个大块，拼了有六七组大块，最后整体再给它焊接上。“对于特征不明显的残片，得耐心地给它们‘找邻居’，看碴口、弧度、薄厚、锈色，对上一个就做上记号。碎渣子也不会随便丢了，都是收集起来，以备不时之需。”修复花了将近一年时间，这件重器才得以起死回生。

修复前的碎片

王有亮后来才知道这种花纹的提梁卣，全国可能也就一两件，因为青铜器上一般都是饕餮纹，像这种蜥蜴纹饰极少见，过去故宫博物院里没有这类型的器物，修好了等于又增添了一件宝贝。

这些年，王有亮一共修复了300多件青铜文物，从墓葬中发掘的青铜器由于年代久远，大多已经断裂破损甚至被腐蚀碎裂，有时甚至会破碎成上百片。王有亮凭着一身绝技，硬是将这些“废铜烂铁”修复成了世界顶级文物。

对王有亮来说，修好一个东西那种感受简直无法形容。“心里特兴奋、特舒服、特有成就感。因为有可能一辈子就这一次，有的一辈子也赶不上修一次。上一辈修了，下一代人就没机会干，因为百八十年的东西不见得让你再过手。”

复原的青铜器

有些事儿不用嚷嚷得全世界都知道

在中国，匠人一直遵循着“无名无我”的传统，故宫一代代能工巧匠大多数只留下一个姓氏，他们的生命痕迹悄无声息地留在这些宝物上，不为人所知。青铜器修复也是如此，一直遵循着“修旧如旧”的原则，“干我们这行，对一个人手艺的最高赞誉是恢复原貌，就等于你所做的让人看不出来”。所以，王有亮这些大国工匠是真正的“幕后英雄”。

永远隐藏在文物背后，便是故宫这些修复大师的人生。当年王有亮师父修复铜奔马，之后中国文物在全世界巡展，开始了一场轰轰烈烈的“文物外交”，郭沫若泼墨挥笔写下了“四海盛赞铜奔马，人人争说金缕衣”的豪迈诗句，形容当时的盛况。

“这些事儿，我师父几乎从来不提。我就没听他跟谁说过自己修过什么东西，哪件是国宝。他对每一件过手的物件都很慎重，哪怕是复制品。”王有亮说，“我觉得师父教给我的，不单是技术，更是他的敬业和做人的品格。”

抹去文物上所有修复的痕迹，好像什么都没有做过，而实际上，故宫修复师们所做的工作，付出的代价超乎人们的想象。“铜锈的味儿闻多了，鼻子、嗓子、眼睛都疼得难受。” 由于常年接触各种化学品，干青铜修复的人大多有鼻炎。每当换季一变天儿，一屋子人轮流打喷嚏。王有亮摆摆手，不当回事儿。“都是这么过来的。”唯一跟年轻时候一样的是，他现在也坐不住，原来是心里闹，现在是腰疼。因为修青铜器累腰，焊接的时候得抱着干，东西不能撒手，老得拿着劲儿，久而久之，落下了腰疼的毛病，不能久坐。

王有亮享受着自己的工作乐趣

如今，和王有亮同一届的师兄弟有离开故宫的，也有转了组的。他就一直干这行，因为喜欢，也因为总有遗憾，“自己完成一个器物的修复，心里挺美的，但要说最满意的，真没有。你自己修复的，手艺再好，你还是觉得缝隙补得不够完美，总觉得有缺憾”。

有人说，故宫的修复大师们在故宫修文物，也修了浮躁的人心，修了我们的欲望，还有我们自以为是的价值标准。确实如此，他们坚守着自己的信仰，坚持着自己的喜爱。在日复一日的修复中，成全了文物，延续了历史，也成全了他们自己，这便是“一事一生”。故宫里不少大师都像王有亮一样，沉稳亲善，温暖谦逊，从容淡然，执着内敛，他们没有因为工作严肃而显得沉闷，却透着让人意外的幽默与平和。

“有些事儿不用嚷嚷得全世界都知道，一辈子踏踏实实的，挺好。”王有亮觉得，自己一生只做好一件事就够了。

我在故宫画文物——鉴宝专家李米佳

有段时间，到故宫青铜馆参观的观众会发现，有几个展柜中的文物不见了，取而代之的是一幅幅古色古香、几可乱真的青铜器画像。

青铜器馆

这画不但可以让观众领略国宝青铜器的风采，旁边还有几行小字说明情况，原来展品 2018 年 2 月到 5 月去美国芝加哥艺术馆参展，所以特此向观众道歉，敬请谅解，而用画代替展品，是为了“此物身已远，绘影忆真身”。

据了解，用绘画作品代替外出参展的国宝文物，在故宫还是第一次，以往只是在空空的展柜里立个牌子说明，现在的做法显然更人性化。令人惊异的是，这些画的作者并非画家，而是故宫博物院研究员、古器物部金石组组长、著名的青铜研究鉴定专家李米佳先生。“别人在故宫修文物，我是在故宫画文物。”李米佳笑言。

李米佳先生讲解文物

有内行告知笔者，这样的画并非一般的画家可以画出，除了技巧，最重要的是对青铜器的了解和熟悉，没有多年的研究功底无法把文物的细节，尤其是青铜器的锈迹描绘得如此逼真。有幸，我们通过这些画走近李米佳，认识了一位爱说爱玩爱创新的故宫专家，也走进他沉醉了 30 年的青铜器的世界。

故宫馆藏青铜器独一无二

跟随李米佳，笔者来到他亲手策展的故宫青铜器馆，这里曾经是皇帝的妃子居住的承乾宫、永和宫，即使在这样的隆冬季节也游人不少。故宫的青铜器馆 1958 年开展，是国家级博物馆中最早的陈列专馆，它一直是故宫文物陈列支柱的“三大专馆”之一(其余两馆是书画、陶瓷)，是故宫的重要文化遗产，经过整修之后，于 2008 年重开。

走进青铜器馆，古雅肃穆的气氛扑面而来，白色宣纸背板衬托着青铜器物的庄严，人们可以通过对比背板上面的文字和纹饰图案，更加深入地了解青铜器物上承载的信息。而展柜中青铜表面锈色幽幽，仅仅欣赏如同泼墨泼彩般的锈迹，人们便可以感受到这些看似没有生命的古物，发出穿越历史时空的悠长呼吸。

“与世界上其他任何一家博物馆不同，故宫博物院院藏的青铜器是独一无二的。”仿佛进入了自己统领的世界，李米佳兴奋地给我们讲解起来，他表示，正是基于藏品的独特性，才使故宫青铜馆增添了独特的“皇家”色彩。

据李米佳介绍，北京故宫收藏的历代铜器有一万余件，其中具铭的 1600 余件，另有铜镜 5000 件，是保存青铜器最多的博物馆。“这些藏品绝大部分是清宫旧藏的传世品。只有少部分是中华人民共和国成立后陆续收

古雅肃穆的院落

购的，以及私人捐献和来自考古发现的。”李米佳告诉我们，其他博物馆展出的青铜器是“出土”的，而清宫藏青铜器“传世品”是明、清两代甚至是宋代出土的，这使得故宫青铜器在断代上“很靠谱”。

“作为传世品的故宫青铜器与出土青铜器的不同之处在于，它们都是‘熟坑’的——当时的皇帝已经把出土的青铜器用人工的方法处理过，使之表面不会再继续生锈，同时青铜器物表面也更加光滑漂亮。古人除了上蜡、上色之外，究竟还用了什么样的方法做‘熟坑’？我们也仍旧在研究之中。”李米佳表示，故宫的青铜器留给后人很多谜，这也吸引着很多专家和爱好者不断探索。

故宫馆藏青铜器于国内博物馆无出其右，并且多半的青铜“重器”都在故宫，如商代的“三羊尊”“戮亚方尊”，西周的“追簋”，战国时期的“宴乐渔猎攻战纹壶”等美轮美奂的古代青铜器都曾经公开展出，受到了广泛的欢迎，也吸引了全国各地的文物研究人员和青铜器爱好者，千里迢迢来故宫观展。

“让远道而来的观众看一个空柜子，实在说不过去，我灵机一动就想出了这个画画的法子，起码让人知道国宝长啥样。”从少年时代就开始学

李米佳画青铜器之一

习绘画的李米佳笑着说明了他“画文物”的初衷。2018 年 2 月，青铜器馆的 5 件国宝级文物到美国芝加哥艺术馆参展，于是，李米佳决定为它们画像，以慰藉观众的失望之情。

彩铅宣纸绘青铜

在“嵌红铜猎纹豆”的展柜中，展示的正是李米佳的绘画作品，和网上搜到的文物照片对照，颜色形状惟妙惟肖，几可乱真，但是绘画比之照片更多了几分精致典雅的艺术感，宣纸装裱后那种古色古香的感觉和青铜器馆的整体风格很协调。

“‘豆’是古代用来盛肉酱的一种食器，这件狩猎纹豆是一件传世品，是清宫旧藏，通体纹饰以赤铜镶嵌，工艺精细，构图生动，尤其是上面的图案，非常精美。”说起青铜器的渊源，李米佳打开了话匣子，滔滔不绝，尽显专家本色。可忽然他话锋一转，提了一个问题：“谁知道这幅画是用什么画的？”

有人答毛笔和国画颜料，有人答水彩，李米佳笑而不语，最后揭开谜底让人大吃一惊，原来竟是用彩铅画的。“用彩铅在宣纸上画画我是不是第一个？”他笑得很得意，甚至带着孩子气。

为什么要选择这样“混搭”的方式作画呢？李米佳又开起了玩笑：“我这人就喜欢瞎琢磨，总想干点别人没干过的事，这就叫创新。”说起来轻松，实际上用彩铅在宣纸上作画是李米佳尝试了多种绘画手法和工具之后，找到的最能表现青铜器质感的方式。包括用生宣还是用熟宣他都实验了很多遍，“生宣表面上会有一些纸毛毛，作画能产生过渡和渲染的效果”。因此，李米佳最后选择了用生宣作画。

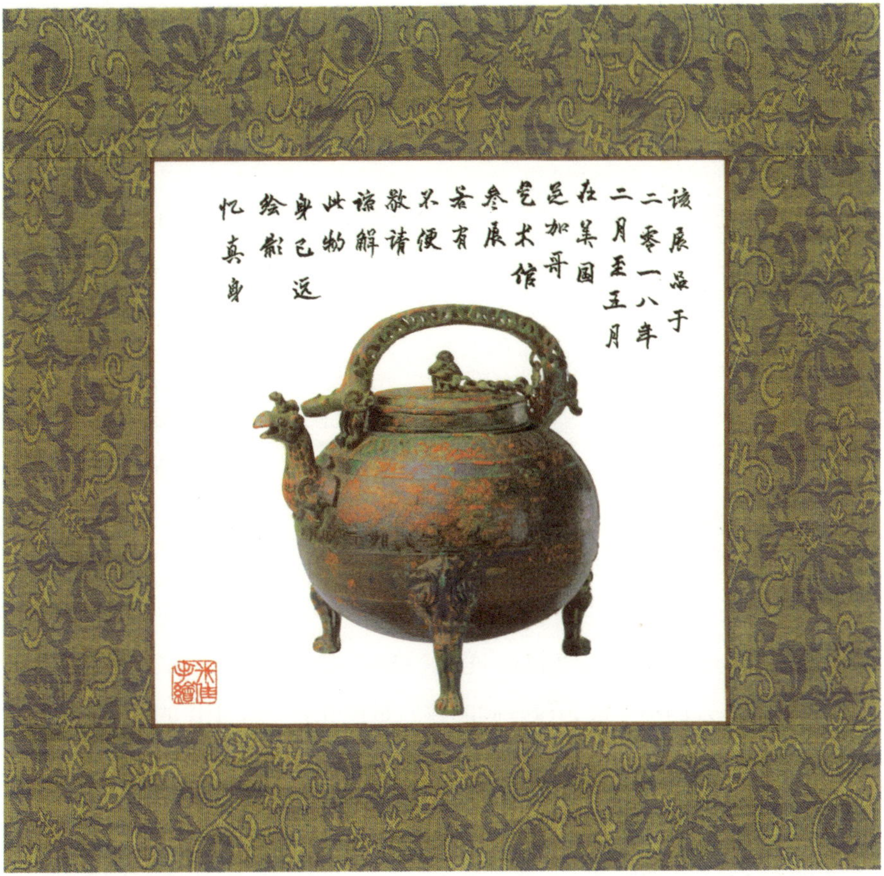

李米佳画青铜器之二

“描绘青铜器最困难的是上面的锈，为什么不用照片代替文物，也是因为照片无法表现锈的质感和层次，锈是一件青铜器的精髓，行家鉴定青铜器看的也是锈，这里面的学问大了。”李米佳告诉我们，同一件青铜器通常会有好几层锈，最外层是绿色的，经过久远的年代玉化形成绿松石一样的颜色，第二层是红锈，第三层是经过氧化形成的暗色斑块，“几层锈层叠交融，色彩斑斓，想要将这些锈画出来还不失其神韵，就需要对青铜器极为熟悉，唯有这样才能掌控好这些锈的颜色，把青铜器的神韵淋漓尽致地展现出来。”

在尝试过油画和水墨之后，效果都不能令他满意，李米佳最终选择了彩铅，为了呈现最好的色彩效果，他还专门买了一套价值一千多元的彩铅。“后一种颜色在前一种颜色上轻涂，能隐约透出下面的颜色，可以表现出一层层的锈迹，非常有质感。”

经过多次的实验和失败，李米佳用了整整两个月的时间为 5 件青铜器国宝画出了完美的画像，由于出国展览的时间越来越近，最后一张画李米佳几乎是熬了三天三夜才赶出来的，不眠不休，最终在凌晨 4 点完工。“青铜器是国之重器，一点也马虎不得。”

虽然自谦“画技很业余”，但宣纸彩绘青铜的逼真效果如此令人惊叹，以至于不少人赞李米佳简直就是一位“被学术研究耽误的画家”，对此，他一笑而过，人们不知道，这些画的背后是他和青铜器相伴的 30 载岁月。

以“爱玩”出名的研究员

参观完青铜馆，笔者来到李米佳的故宫办公室，这是标注着“金石科”牌子的一处老旧古宫闱，他告诉笔者，这原是当年宫中皇子就读的书斋，虽然画栋雕梁已经残损，但仍不失皇家气派，李米佳就是在这里和青铜器相伴了 30 年。

毕业于国家文物局开办的“文物学习班”的李米佳 1983 年分配到故宫工作，1988 年正式来到金石组，师从青铜大师杜迺松，负责青铜器的研究、陈列和保管。

很多人是从《我在故宫修文物》中认识了故宫里这些默默无闻的专家，他们心静如水的匠人形象也深入人心，令人钦佩叹服。然而李米佳却说，他有点另类，他最大的特点是“爱玩”，他的名言是“研究员不是苦出来的，是玩出来的。”

李米佳爱玩在故宫是出了名的，关于他的段子很多。“我 30 岁了还在故宫抓蛐蛐，中午去抓，有好多不开放的地方有蛐蛐，为抓蛐蛐被蚊子叮十多个包也在所不惜。后来带动不少同事都养蛐蛐，午休时还掐蛐蛐玩，几个院子的窗台上都是一溜的蛐蛐罐，盖上都标明大王、二王、三王之类的等级。”团委组织去泰山，李米佳连泰山的蛐蛐也不放过，组织大伙一起去抓大个的蛐蛐，回来后全撒在御花园外的草地上单独养。“我坐等着这批蛐蛐繁殖长大，盼着它们秋天斗蛐蛐得胜，谁承想临近夏天，这一大片草地全被铲了，铺砖了……我的蛐蛐啊！”堂堂故宫研究员为蛐蛐哀叹，让人忍俊不禁。

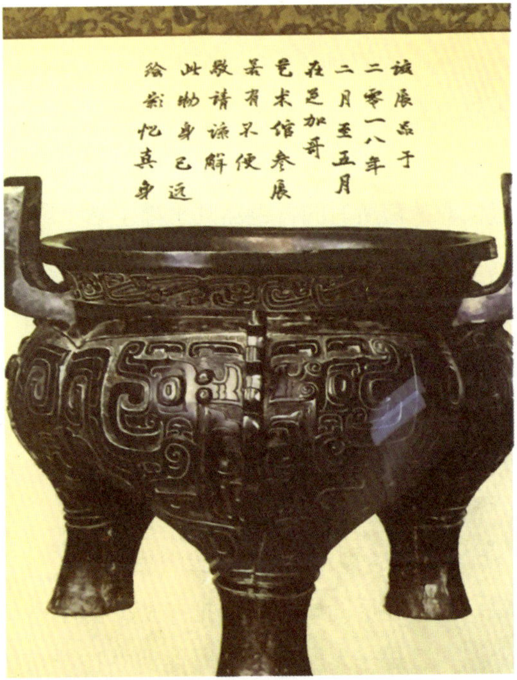

李米佳绘“西周师趛鬲”

李米佳爱玩爱聊，喜欢新鲜刺激的东西，“特斯拉刚出来时，国人没啥敢买的，电动车没人要，我就买了，喜欢就买个大玩具给自己爽”。与一般人对文物研究者的刻板印象不同，李米佳不是一个那么“传统”的人，反之，他一直以来对“创新”情有独钟。大概正是因为这种性格，李米佳总是会做一些类似于“宣纸彩铅绘青铜”这样前无古人的事情。

“第一次用机器检测文物是我引到故宫来的。”早在2005年，在李米佳申报的课题中，就从北大借用了手持便携式机器检测宣德炉的基础成分，“那时候故宫还没有自己的检测仪器。”李米佳一直努力让自己的思维与时俱进，跟上时代的步伐。

青铜器研究显然是一个细致严谨的工作，然而我从中仍然能感受到李米佳所说的那种“玩”的意趣，因为热爱才玩得沉醉，玩得兴头，才能数十年沉浸其中不以为苦，反以为乐。李米佳没事儿就喜欢钻进故宫的地库里，面对着上万件来自远古的青铜器文物，一件一件观察抚摸，久而久之，李米佳对故宫所有的青铜器几乎都了然于胸，对他来说，这是一种极致的享受。

李米佳痴迷于文物，只要一听说哪里有他感兴趣的东西，不远万里他也要跑过去寻找。一次，他听说在青海的一座偏僻古寺可能有他正在研究的明朝宣德年间的黄铜器，他立刻动身，几经周折，来到青海省海东市乐都市曲坛乡的瞿昙寺，却一无所获。不过功夫不负苦心人，他最终在青海省博物馆找到了这里收藏的瞿昙寺文物，其中一件鎏金铜瓶正是宣德年间的黄铜器。

青海之行并未让李米佳满足，为了寻找更多的宣德铜器，他又深入西藏，忍着高反的剧烈头痛把拉萨的大小寺庙、古玩市场甚至藏民家里跑了个遍，还是一无所获，最后他偶然在罗布林卡的一幅唐卡上发现了他要寻找的三足双耳香炉，这幅唐卡和画上的法器正是明宣德九年皇帝赏赐给宗喀巴的弟子“大慈法王”的，唐卡上绘制的香炉是当时宣德炉的真实写照。李米佳对宣德炉的研究也有了突破性的进展。

练就一双鉴宝的“毒眼”

扎在文物堆里几十年，李米佳练就了一双“火眼金睛”，成为目前国内顶尖的青铜器鉴定专家。他可以通过极微小的花纹、装饰和工艺判断文物的年代及真假，这才是真正的“绝活儿”。

因为对各个朝代的青铜文物极为熟悉，有时候李米佳甚至不用眼睛看，仅凭摸就能知道朝代。他曾经给自己的两个学生出过一道题：两件故宫馆藏的青铜器看上去完全一样，却一个鉴定为清代，一个鉴定为明代，依据是什么？俩学生冥思苦想好几天找不到答案，李米佳告诉他们，看上去完全一样的花纹，明代是铸的，而清代是刻的，因为明代铸造技术很好，而清代的刻铜匠技艺高超。“刻的和铸的摸上去手感不一样，摸了几十年一下子就能分辨出来。”

李米佳自诩几十年来从未看走眼过，“一般假货没有能从我眼里跑掉的”。然而有一次却极惊险，那件青铜器怎么看都没毛病，各种细节都堪称完美无瑕，可他总觉得哪里不对劲，完全是一种直觉。最后他灵机一动把东西拿到阳光下细瞧，终于发现有细微的透光，原来浮雕的纹饰竟然是粘上去的，“差一点就被蒙过去了”。

李米佳感叹如今的文物造假技术越来越强，“有些是树脂做的，极难分辨，而且造假者什么颜色都能调出来，锈迹也模仿得天衣无缝”。作为鉴宝专家该如何应对呢？李米佳脑子里又有个另类的想法，他打算去学“造假”，他认为只有与时俱进地了解目前各种青铜器制造技术，才能明辨真假。

于是，李米佳利用假期时间，到山西的张兰和介休跑了两趟。当地人继承了古法制炉的传统工艺，他亲自到村中的小作坊里学习他们如何铸造铜器。不仅如此，李米佳还曾南下深圳学习金属精密铸造技术，并且在清华大学金属工艺实验室观摩铸造和锤打工艺。学习不同的青铜铸造手法差异，能够帮助他今后更加精准地识别赝品。

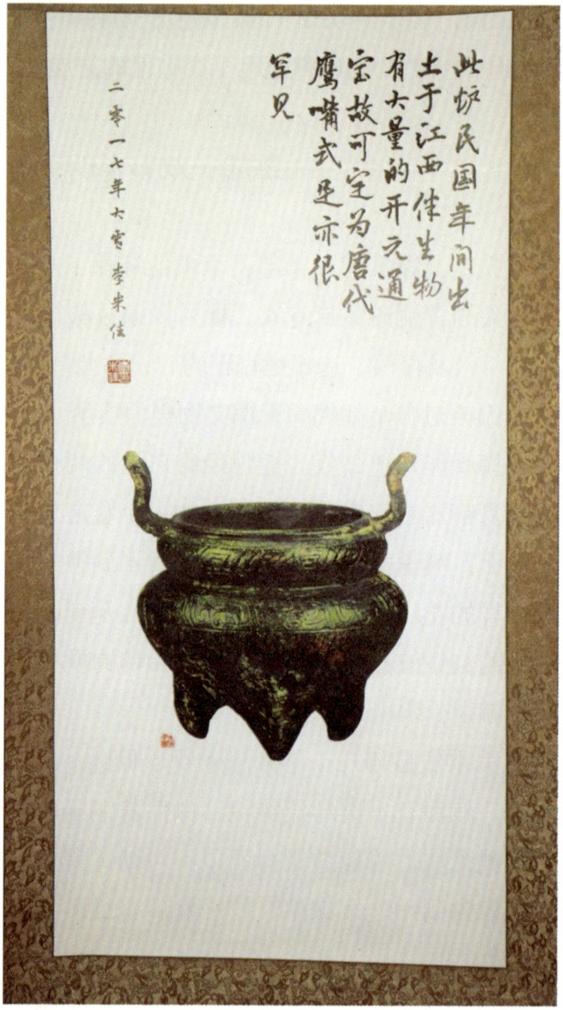

图文并茂的“文物鉴定书”

李米佳表示，最近他脑子里又冒出一个想法，他打算到故宫修复组学习一年修复青铜器的技术。“不能只会说不会干”。李米佳就是这样一个“脑子里永远有想法的人”，包括他苦心研究的独创技艺“宣纸彩铅绘青铜”，他也打算运用到文物鉴定中，并且已经画出了一幅图文并茂的“鉴定证书”。“一件好的古器物，有画作陪伴，画作本身也是件艺术品，也有鉴定证书的作用，通常画画的人不会鉴定，鉴定的人又画不了画，所以我的‘鉴定书’是独一无二的，这也算文物鉴定界的一个创新之举吧！”

考古和创新，在李米佳身上似乎是一种矛盾的统一，就如同他工作时可以静心忘我，业余却最喜欢看美国科幻大片，宜古宜新，一动一静，都是真性情。故宫 30 年的悠长岁月，他终于打磨出了自己独特的光彩。

一群在故宫“上房揭瓦”的人

一个黄昏，夕阳西下，落日熔金，赵鹏一个人沿着架子爬上故宫东华门的巨大屋檐，看着阳光把琉璃瓦屋顶染得一片辉煌灿烂，他被这壮丽的美景深深震撼了。

遥想80多年前，梁思成、林徽因等建筑学家成功修缮天坛祈年殿的往事，赵鹏瞬间“把自己感动了”，因为他现在所做的正是和这些前辈一样的工作。这个建筑学专业毕业的小伙子默默对自己说：“修古建将是我毕生为之奋斗的事业！”

2011年，赵鹏在故宫第一个独立负责的项目——东华门修缮工程正式开工。如今，赵鹏担任故宫古建部副主任，他与同部门的几十位专家承担着故宫古建筑保护

故宫古建部

的工作。2020 年适逢故宫 600 岁生日，也是进行了 18 年之久的故宫第三次大修竣工的日子，故宫焕然一新的面貌该有多美？他们和所有的观众一起期待着。

从故宫东华门进去不远的工作区，有个并不引人注目的小院，门口挂着一个黄色的“古建部”的牌子。进去以后，发现院子有些陈旧，杂草野花丛生，但生活气息颇浓，花盆里养着各种花花草草，猫咪自由穿行其间。与别处不同的是，这里到处是建筑构件，把院子里的空地都占满了，仔细看，每个构件上都标注了数字。

古建部院内的宝贝

“这些有破损的建筑构件都是从古建上拆下来的，编好号，修补好之后还会尽量利用到古建上，我们修古建要最大限度使用原材料、原工艺，保留传统的东西。”一位大姐笑着告诉我，她就是故宫古建部设计组的高级工程师黄占均，18 岁来到故宫工作，至今已经 30 多年了。黄占均 1983 年来到故宫的时候，故宫刚刚进行完第二次大修，她很遗憾自己没赶上，否则可以学到更多的经验。

古建部的高级工程师黄占均

中华人民共和国成立后，从 50 年代开始，国务院虽每年向故宫拨出维修专款，但古建专家们赖以增长经验的大修只进行过两次，第一次在中华人民共和国成立初期，另一次在 1974 年。

20 世纪 50 年代进行的第一次大修，光是垃圾就运走了 25 万立方米，用这些垃圾，可以从北京到天津修一条 6 米宽、路基 35 厘米高的公路，由此可以看出当年故宫破败凄凉的面貌。

第二次修复工程是李先念提出进行的，从1974年开始一共延续了7年，国家第一笔拨款为1400万元。那时国力所限，如此规模和节奏，远不足以抵消近百年来故宫因氧化、霉菌、虫蛀、酸雨、雷电等造成的侵害，所以，故宫的状况一直令古建筑专家忧心忡忡。

20世纪80年代，黄占均进入故宫工作之后，就开始跟着老师傅一起进行古建勘察工作，当时她是一个文弱的小姑娘，以为古建设计只是画图写报告这些案头工作，没想到需要爬到十几米高的大殿屋顶上，她一下子蒙了。

巾帼不让须眉的黄占均

文能案头作图，武能上房揭瓦

“幸好我没有恐高症，踩着架子上的几块木板，扶着墙壁慢慢爬上去，到了屋顶往下看，还挺有成就感的。”黄占均对自己第一次勘察的情景记忆犹新。

不过，上屋顶可不是为了看风景，需要观察琉璃瓦的破损情况，还要掀开瓦，勘察瓦下面的“灰背（保温防水层）”是否有断开、下滑的情况，“灰背”下面的“望板”是否糟朽损坏，再下面的木基层有没有破损……这种勘察不能只做一处，需要多找几个点，才能基本了解古建的“健康”状况，所以经常在倾斜的屋顶上一站就是大半天，无论风吹日晒。古建部的专家们把这项工作戏称为“上房揭瓦”。

专家们为了“上房揭瓦”，得练就一身“飞檐走壁”的本事。赵鹏讲了他的一次亲身经历：有一次，在雨后要徒手爬上太和殿的屋顶，因为情况紧急，脚手架只搭到上层檐口，他踩着湿滑的瓦面，沿着檐头向上爬直到正脊，考察前后坡外面的情况。“上去的时候没觉得怎么样，下来可就惨了，双手拼命找东西抓，太滑了，到地面整个人都瘫软了。”

然而，“上房揭瓦”还不算最苦最累的活儿，更艰难的是勘察古建内部梁架里的情况，高大的建筑还好一些，最难的是比较小的建筑。“就依靠几块木板搭的简易脚手架，到了上面根本站不直，只能弯着腰爬进梁架里面进行手工测量，不能拉电线，需要一直举着手电筒。因为上下不方便，有时候全天都得在上面待着，中午也没办法下来吃饭，工作全部完成之后才能下来休息。”黄占均告诉我，这些对他们来说都是家常便饭。

对于爱干净的女孩子来说，更难以忍受的是脏，“梁架上面多年没人上去过，尘土足足有10厘米厚，戴着两层的纱布口罩都没用，出来之后全身上下都是黑的，跟土猴子一样。”黄占均最怕的就是夏天上梁架，“闷热到窒息，密不透风，太难熬了！”

夏天，酷暑难当，黄占均和同事们依旧每天顶着大太阳在屋顶勘察，忍着闷热在梁架里工作，

勘察瓦下面的“灰背（保温防水层）”是否有断开

“别人都以为我们是设计师，只需要在办公室喝茶绘图，很少有人知道我们其实是名副其实的户外工作者”。

即使是这样，古建专家们还不忘苦中作乐。有一次，一位同事不小心从架子上滑下来，霎时间尘土飞扬不见人影，幸好无人受伤，大家调侃他是“坐着飞毯腾云驾雾下来的”。

这些现场勘察的状况，最后都要写进报告，落在图纸上。看到黄占均画的平、立、剖等各个角度的古建图纸，即使看不懂也会被深深震撼，简直太精细太漂亮了。

古建筑的内部

勘察古建筑内部

冒着酷暑，黄占均和同事们顶着大太阳在屋顶勘察

“最早我们是用那种鸭嘴形的水笔画在硫酸纸上，画错的地方需要用剃刀刮掉，后来才开始学习使用电脑绘图。”黄占均说。这些图纸需要达到什么要求呢？“将来即使这个建筑物没有了，按照这些图完全可以原样复建。”

故宫流传一个说法，说古建部的专家们一个个都文武双全，“文能案头作图，武能上房揭瓦”，还真不是吹的。

爬上东华门一看都惊了

2002年3月，故宫开始了它第三次漫长的大修历程，也是百余年来，这个世界上现存规模最大、最完整的古代宫殿建筑群的首次整体大修。古建专家们跃跃欲试，大展身手的时刻终于到了，然而，事情绝没有预想的那么简单。

作为大修的一部分，28岁的赵鹏领到了他的第一项重要任务——东华门维修工程。学了多年的建筑专业，心怀职业梦想，赵鹏对古建修复充满了期待，可是，他爬上东华门详细勘察一番之后，几乎惊呆了。

“现在想想都后怕，当年真是年轻，初生牛犊不怕虎，连这个活儿都敢接。”赵鹏笑着说，当时有位老师傅跟他说“小伙子，这回可让你抄着了，东华门是故宫所有古建里状况最差的”。

那时候，赵鹏进故宫工作才一年，对东华门这个建筑并不了解，一查资料发现几乎什么都没有，甚至修建的年代都不知道。“东华门很特殊，民间称为‘鬼门’，故宫所有的大门都是九横九纵81颗门钉，只有东华门少一行，是72颗门钉，有一种说法是皇家如果有人在紫禁城去世，由东华门把死人棺材抬出去；还有一种说法是，东华门是供大臣们进出的，因为他们级别低，所以门钉规制上要低一些。”

现场勘察的结果更让赵鹏吃惊了，“斗拱以下是明代的，可是天花板以上的部分明显是清晚期的风格。我们在梁架上发现了同治年间留下的4个人的名字，可能是那时复建过，但是复建极不规范，梁下的柱子七拼八凑，有些简直就是破木头……当时究竟发生了什么事导致出现这种极不正常的情况呢？东华门有很多谜团一直无法解开”。

这些谜团给修复带来了很多困难，赵鹏只好虚心请教老师傅，按照传统工艺，从头学起。“东华门是我的一个起点。”赵鹏说，“以后我的胆子是越干越小了。”面对古代的这些伟大建筑，保护专家们的心情可谓是诚

大修后的东华门

惶诚恐，小心翼翼。

修复讲究到每一颗钉子

即使是黄占均这样的资深高工也是同样的忐忑，因为几乎没有人具备大修的经验，都是边干边学。她第一个单独负责的大修工程是神武门。“以前都是局部的修缮，从来没有揭过顶子，当时揭顶的时候心情特别紧张。”打开一看，她也惊呆了。

“神武门的做工确实非常讲究，一眼就可以看出来是什么年代的建筑手法，复建也都是使用传统老工艺，基本保持了明代的建筑风格。”神武门始建成于明代永乐十八年（1420 年），从它建成至今虽经多次保养维修，但从未进行过全面维修，所以这项大修工程也算几百年来“破天荒头一遭”。

神武门很多构件包括木基层及瓦面等，在形制及工艺加工

大修后的神武门

技术方面都有特有的风格和做法，大修时专家们决定，能保留的原构件尽量保留。

“要求施工前对将要拆下的每一构件都要进行编号，还要注明其形制、位置，以便重新放回原位置；我们对表面脱釉大于 70% 的琉璃瓦脊件，采取挂釉复烧的手段，继续使用；对木基层包括椽飞、望板、里口木等构件糟朽部位进行镶补；传统手工打制的镊头钉，由于年久大部分均已糟朽变形，我们按传统工艺做法重新打制镊头钉，按原位钉安……”黄占均如今说起这些事情似乎很轻松，可背后却是专家和工人师傅们付出的大量劳动，讲究到每一颗钉子，这就是故宫修复的风格。

故宫大修被突然叫停

这几年，随着故宫原来的老工匠退休，“八大作”的传承人一个一个都走了，工匠断代的情况比较严重，也给修复造成了困难。

2014 年，进行得如火如荼的故宫第三次大修工程忽然被当时的故宫院长单霁翔暂停了，这是为什么呢？2014 年 5 月的一天，在故宫巡查的单霁翔突然发现刚刚修好的太和殿外围又搭起了脚手架。单霁翔感到很奇怪，过去的建筑 320 年都没有出问题，为什么刚修好的屋顶，这么快又要复修？

经过调查，单霁翔发现目前的故宫大修存在一些机制上的问题，包括材料质量得不到保障，包工头招来施工的农民工缺乏传统技艺，北京人不愿意学瓦木匠，而培养的外地传承人无法进京，这才造成工匠断代等。“如果用这种方法修，修一栋会坏一栋。我们没法负这个历史责任。”单霁翔说。

2015 年 11 月，全国政协召开双周协商座谈会，单霁翔在会上用 8 分钟时间几乎“哭诉”了故宫大修面临的这几个问题。会后，他写报告呈交给全国政协领导，得到批示，“故宫的事要特事特办”。自此，故宫的修复开始重新运作，不再视为工程，而是“研究性保护项目”。

目前，故宫正在进行的研究性保护项目共有 4 个，分别是养心殿、乾隆花园、大高玄殿和紫禁城城墙，工期延长了，因为需要做的工作更多更细了。

这个项目的启动让古建部的专家们非常欣喜。“其实 80 年前，梁思成等建筑学家进行的天坛修复工程，就是很成功的研究性保护项目的先例，他们当时展开了细致的现状勘察和历史文献发掘，全城由专家指导，真正以研究文物而非一般房子的态度对待古建，天坛修复工程的保护原则和创新制度在今天仍有领先之处。”

赵鹏为此还专门和朋友写了一篇论文论述了这个问题，他认为从天坛到养心殿，是“研究性保护工程的轮回”。

一座闪耀世界的故宫

2015 年最先启动的“养心殿研究性保护项目”是故宫在古建修缮方面的首次尝试，为什么是养心殿？单霁翔曾这样解释：如果说故宫古建筑群代表了明清官式建筑的最高成就，养心殿则是故宫古建筑群中最具典范意义的代表，它是清代紫禁城使用率最高的地方，集中反映了清代建筑艺术中汉文化、满蒙文化、佛教文化，以及西方文化的多元共生。

“可研究的项目太多了，内容太丰富了！”赵鹏感叹，“以保护的手段、

养心殿外观

研究的态度对待古建筑修缮，可以最大限度还原和展现历史信息，为观众讲出文物的故事，而不是简单地只让大家看一看。”

然而，养心殿项目启动了两年多之后，一直没有正式动工修缮，当时很多人都有些不解，这么长时间究竟在做什么？赵鹏告诉我，其实故宫在这段时间做了很多不为外界所知的工作，譬如全院各个部门全面介入，开展了 33 项课题研究。

这些研究项目包括“养心殿文化遗产现状评估”“养心殿文物建筑记录、

研究和保护”“养心殿园艺植被的记录、研究和保护”“养心殿文化创意产品研发”，等等。单霁翔曾明确表示“养心殿项目要全程强化研究精神，开辟文化遗产保护的新途径”，其中也包括他一直心心念念的“工匠传承”问题，“养心殿官式营造技艺传承、培训与考核”项目终于启动了。

赵鹏表示，故宫希望通过养心殿项目，重建故宫古建筑传统技艺传承队伍，解决修缮队伍水平低、传统营造技艺传承后继无人的问题。养心殿为什么迟迟不开工？其中一个原因就是在等待“懂行匠人”，可谓“万事俱备，只欠东风”。

传统官式古建筑营造技艺包括“瓦、木、土、石、扎、油饰、彩画、糊”八大作，其下还细分了上百项传统工艺，从材料到做法都严格遵循营造则例。历时两年，故宫博物院终于完成了一批

魅力故宫

官式营造工匠的培训，工匠到位，养心殿修缮维护工作终于正式开始了。

与此同时，其他几项研究性保护项目也在紧锣密鼓地进行，黄占均负责的是乾隆花园项目中“萃赏楼 1 区”建筑群的修复，其中包括 13 座古建，在她的电脑中我看到了翔实的勘察报告和几十张精密的设计图，这还不包括“隐蔽工程”，随着修缮工作的进展，随时出现以前没有估计到的新的情况，就需要他们立即解决。

时间越来越近了，古建部的专家们工作也越来越紧张，故宫古建筑整体维修保护工程将在 2020 年全面竣工，这是一百余年来规模最大、范围最广、时间最长的一次故宫古建筑修缮，修复的一砖一瓦，里面都蕴含着专家和工匠们的智慧与汗水。

我们期盼着故宫不再有工地的这一天，这座中国古代建筑的代表，中国人民的骄傲，中华文化的精华，将更加闪耀世界。

故宫人炼成记

一身绝学的故宫第三代摹印人——沈伟

惊闻故宫第三代摹印传人沈伟先生驾鹤西去，年仅 55 岁，英年早逝实在令人伤痛，而他 30 多年来潜心钻研的摹印绝活如果没有传人，很可能就此失传，更是让人扼腕叹息。

几年前，笔者曾深入故宫拜访沈伟先生，和他交谈数小时，记忆中的他气质儒雅，笑容温和，令人如沐春风。那时候，故宫文物医院尚未建成，《我在故宫修文物》里拍的故宫博物院文保科技部还在一个院子里，位置是昔日的“冷宫”，沈伟就在这里工作。

那座院子和院子里的人，甚至院子里的葫芦和猫都给我留下了极深的印象。走出院子的时候，我禁不住感慨，有一种“任性”就叫作“在故宫工作”，沈伟先生让我第一次看到了故宫专家们不为人知的深宫生活。

浇花养猫种玉米，工作才有好心情

那一年，《我在故宫修文物》爆红，但是这片“冷宫”和以前默默无闻的很多年并没有什么不同，依然是一片寂静的宫苑。朱漆凋落的宫门里安装了现代的门禁系统，工作人员刷卡进门，外人很难进入。

沈伟带着我进了门，进门之后是一条幽深的过道，墙根儿的自行车棚里有上百辆自行车，据说这是“宫里人”最喜欢的交通工具。越过红色的宫墙可以看见一排排起伏的屋脊，这里有好几个相互毗邻的大四合院，是木器、织绣、青铜、钟表、瓷器、漆器、镶嵌、书画等十多个小组的办公地。

沈伟先生

沈伟工作的“书画复制组”就在其中一个四合院中，院子很大，种着核桃树、柿子树、海棠树，果实累累；丝瓜秧沿着树爬得比屋顶还高，硕大的丝瓜在头顶上摇晃；青皮的大葫芦还剩下一两个，寂寞地挂在架子上……“春天的时候院子开满了花，特别漂亮，秋天就可以摘果子了，现在只剩下高处的柿子打不下来。”沈伟说。

很多年来，沈伟每天的习惯是7点半提前来上班，第一件事就是给院子里的花花草草浇水。他关心每一个葫芦长成的样子，甄选之后他会摘下来做成葫芦罐养蝈蝈，或者精心雕刻成工艺品。他还曾经在红色的宫墙根儿下种过西红柿和玉米，收获季节他像一个骄傲的农民一样在玉米前照相，据说那片玉米成了故宫一景。

浇完了花，沈伟有时候还会喂猫，他给两只野猫起名“花子”和“灰子”，它们是这里的“宫宠”，夏天趴在红色的窗棂边，冬天趴在暖气上，憨态可掬。沈伟特别喜欢小动物，看到它们就觉得心情特别愉快。

做完这些事，沈伟走进院中最敞亮的北房，门楣上挂着“书画修复组”的小牌子。几百年的老建筑了，虽然柱子上的漆色已经斑驳，但是那种典雅和讲究绝非一般房子可比，用沈伟的话说，这房子“接地气儿，让人特别舒坦”。

走到沈伟的办公桌边，通常会大吃一惊，会禁不住产生疑问，这是工作的地方吗？桌前是清水流淌的山石盆景，窗框上挂着一串串小葫芦，还有鸟笼子、小风筝、蛐蛐罐儿散落在周围，全都是他喜欢的玩意儿。

沈伟坐在桌前，望了望窗外，那一天北京没有雾霾，初冬暖暖的阳光照进来，在桌上投下柔和的阴影，他笑了，“这么好的阳光，心情也不错，干活！”

沈伟在“南三所”的工作就是这么任性，营造自己最舒服的环境，调试出最好的心情，这里的规矩是“不加班，不赶活”，

盆景假山营造的艺术氛围

为的就是拿出最好的工作状态。尤其是沈伟的“摹印”，摹印是古书画临摹的最后一环，要求仿刻的印章要与真迹一模一样，就连盖上去的效果也得形神具备，和原作看不出一丝差别。

“一张古画别人临摹了好几个月，花了无数心血，我这最后一个章，要是盖坏了，不是前功尽弃吗？所以绝不能出一丁点差错。”30 年来，沈伟雕刻仿制了 1000 多枚古印，在临摹的书画上盖了上万个印章，没出过一点差池。

三代摹印传人，代代相传的匠心

沈伟模仿的印章

沈伟从摹印室的大柜里，小心翼翼地取出几个盒子，里面满满的都是他仿制的古印，外行人看不出什么门道，行家一解释才知道，印章方寸之躯却各朝各代风格迥异，魏晋之前的印章大都稚拙、率真、雄浑，隋唐之后则严谨中平、雍容饱满，宋印则更为曲折宛转、疏密相当。有的印只一个字，形如图画，有的印却密密麻麻 20 多个字，千回百转。

印章在中国流行了 2000 多年。吴昌硕的《西泠印社记》说：“印之佩，见于六国，著于秦，盛于汉。”

宋元以后，印章艺术和文人书画结合，出现了除镌刻姓名、斋室、官职以外的闲章，一时风气颇盛，后来闲章逐渐成为书画作品不可或缺的一部分。一枚好的闲章，除了让人玩味，还显露了篆刻家和书画家艺术水平的高低，方寸之间，可谓大有乾坤。

沈伟解释说，摹印是和古书画的复制联系在一起的，故宫的文物专家们不但负责修复文物，还从事文物古画的临摹复制，这种传统从唐宋时代的画院就开始了，正是因为唐宋等后代画师临摹了大量古书画，才使得后人能够一窥唐代以前诸多失传名作的样貌。故宫书画复制组的专家临摹一幅《清明上河图》就用了 10 年的时间，摹本也成为珍贵文物被故宫博物院收藏。印章作为古书画上不可或缺的一部分，在复制中尤为重要。

故宫博物院第一代摹印专家是篆刻名家金禹民，也就是沈伟的“太师父”，金先生 1949 年进入故宫博物院工作，沈伟 1983 年进入故宫工作的时候，他已经去世一年，所以未曾谋面，沈伟深以为憾。

中国印坛曾有“南陈北金”的说法，“北金”指的就是北派篆刻的代表人物金禹民，他从师寿石工，广涉古玺汉印，擅书法篆刻，尤精印钮雕刻、旁及汉砖、制砚、刻碑、刻竹及瓷器、铜器鉴定，齐白石、徐悲鸿等名家都对金禹民的作品给予过高度评价。

中华人民共和国成立后，故宫博物院聘请金禹民先生为“文艺技术员”，专职从事古代书法、篆刻真品的复制和研究，他为故宫复制的历代名章，均可乱真，据说当时观者无不赞叹：“逼似原作！”

故宫摹印第二代传人是刘玉，也就是沈伟的师父，刘玉并非科班出身，他中学毕业被招进故宫，一直在木工组工作，因为心灵手巧，悟性颇高，30 多岁从头学习摹印，终成一代名师专家。

“我师父特别不爱说话，1986 年他选择我作为故宫摹印的第三代传人，当时我还有些吃惊。他说观察我很久了，觉得我能干这个，他不会看错人。”当时沈伟从国家文物局办的唯一一届文物职高班毕业，分到故宫青铜组，已经复制了 3 年青铜器。他的业余爱好是篆刻，没事儿就喜欢摆弄石头，大概师父觉得这个年轻人能坐得住，最终选择沈伟作为自己的唯一传人。

钻进古印的世界，再也回不了头

“学徒从磨石头、磨锯、磨刀开始，那个时代刻印的专用工具没处去买，都是我们自己做的，这一磨就磨了一年。”沈伟回忆自己的学徒生涯，很多往事记忆犹新。

“磨完刀子写篆字，又写了两年，这才能摸到印章，学习篆刻技法又是两年，一共 5 年才算正式出师，可以独立摹印了。”沈伟没想到，出师之后，关于古印学习才真正开始，这一学就是 30 多年，钻进古印的世界就再也回不了头了。

绝学摹印

摹印是一门专心和吃力的工作，不但需要有丰富的历史知识，博览群书，而且要广临秦汉古印，钻研各流派所在，熟练掌握各种手法。

“古书画印章出自历代杰出的金石篆刻家之手，古印神奇工拙各具风格，有极高的艺术水平。仿制一幅古书画上的印章，首先要对画上所有印章进行全面分析，了解印章时代，原属何人，印文内容，印文字体，章法布局，运刀特点，风格流派等；对伤损的印章，要考察原印章的印文结构，分析伤损原因，是由于印泥堵塞还是印石已损，还是故意留笔；对于原印笔道的轻重、屈伸疏密，增减挪让，和所谓‘笔未到而意到，形未存而神存’的刀笔情趣，都要有深刻的领悟……”一说起摹印的种种，沈伟立刻滔滔不绝起来。

玺印的严谨，汉印的雄浑，流派印的活泼，沈伟经过多年的努力，对不同的印风、时代特点都有了准确的把握，“摹印不但要形似，更重要的是要模仿出那种神韵，做到神似才算是把这个活完成了。”

挑选一个天气、阳光和心情都俱佳的时刻，沈伟拿起刀，这便是属于他的时刻了，聚精会神，一挥而就。仿刻一枚古印，从动刀到完成，大约需要一天的时间，而这之前的琢磨和研究，就不知道要花费多少时间了，需找准了那种感觉才可动手，按照沈伟师父的话来说，这是一件“需要悟性的事”。师父当初看中沈伟的，其实就是他身上的悟性。

沈伟的雕刻时光

师父不爱说话，却对沈伟无话不说，亲如父子，一身技艺倾囊相授，包括那密不外传的摹印绝活儿。

“仿刻完成一枚古印，其实摹印的工作才完成一半，在复制的书画上那最后的一盖，才是胜败在此一举，只能成功，不许失败。”为了和原作上的印章一模一样，他会自己配制印泥，调制出和原作印章完全相同的颜色；为了找准盖章的位置，他会用镇尺细细测量，分毫不差；盖之前还要研究纸张的质地、纸的颜色深浅、盖章时用的力道，如果是画在绢上的，因绢不易上色，还要反复加盖好几次。

盖一枚小小的印章，居然有这么多讲究，“尤其是那种力道的掌握，可以说是摹印的绝活儿，靠一代代师徒的口传心授，这就是所谓的匠心吧！”沈伟说。

一份注定孤独的事业，谁来继承

转眼间已经在故宫待了30多年，面临即将到来的退休，沈伟不得不考虑收徒的事情，虽然《我在故宫修文物》播出之后，报名想来这里工作的人多达数万，但沈伟并不确定这些狂热的粉丝能否忍受住这里的寂寞，“外界的诱惑这么多，除非是特别喜欢，痴迷这个，要不一般人真熬不住”。

几乎一成不变的生活，与世隔绝般的寂寞，还要忍受职业病的痛苦，宫里的生活有惬意的一面，却也有不为外人所知的艰辛。常年坐在桌前研究、雕刻，沈伟颈椎、腰椎病缠身，沈伟的师父刘玉也是因为用眼过度而患了严重的眼疾。然而，在对篆刻的痴迷面前，这些代价似乎都是值得的。

沈伟一直把“素心若雪，淡如清风”当作自己的座右铭，“制作和收藏印章的过程，其实也是塑造性情的过程。沉浸在印章的世界里，少了现代社会的功利心和焦躁症，变得与世无争，这便是修身养性”。故宫的高墙和一颗安静的心，让他在浮躁的时代，守住了自己的志趣。

沈伟望着窗外的核桃树和柿子树，那是师父刘玉多年前亲手栽下的，如今已是果实累累。师徒两人就在这树下喝茶聊天、琢磨古印，日子就这么悠然地过去了，几十年仿佛就是一个瞬间，如今师父已经退休多年，“我也该收一个徒弟了。”沈伟说。

当时，沈伟谈到他最大的苦恼：“故宫的下一代摹印传人，会在哪里呢？”注定一生寂寞的事业，如果没有痴迷和热爱是无法坚持的，而现在的年轻人有几个会选择这种生活呢？因为这不是一年两年，一旦踏进这个门，就是一生的诺言，就要承担起坚守和传承的重任。

听说沈伟先生一直未能如愿找到可以传承这项“非遗”的故宫第四代摹印传人，即使找到，这短短几年的工夫也无法学到他那一身绝学，这种传统工艺的口传心授往往需要十几年甚至数十年。

也许，这将成为一个永远的遗憾了。

最后一代宫廷画家

1924 年 11 月，已经退位的溥仪被迫离开紫禁城，和他一起出宫的只有为数不多的几十名宫女、太监和随从，其中有一名 70 多岁的老人。他一路走一路回望高高的宫墙，目光悲凉，这是他待了大半辈子的地方，他不知道离开了皇宫，自己的一身技艺还有何用。

这位老人就是清朝最后一代宫廷画师李挺梁。后来他无数次和孩子们说起这锥心刺骨的一天，从这一天起，传承了数百年独树一帜的宫廷画技艺就此沦落民间了。

80 多年后，我有幸从李挺梁后人的口中，听到了最后一代宫廷画师的故事。清末国运衰微，郎世宁那一代画师的辉煌早已经成为过往，他们在紫禁城中几十年如一日用画笔营造出盛世景象，直到走出宫门的那一天，才知道世界早就变了模样。

宫廷画师消失了，幸运的是，宫廷画技艺经历时代变迁，险遭没顶之灾，最终流传了下来。

清朝宫廷画《万国来朝图》

五品“砚华史”宫中服务皇家51年

在幽静的莲石湖边，王伟有一间小小的画室，画室的墙上贴满了宣纸，上面是怒放的牡丹。他在这里潜心作画，正在准备个人画展。

王伟是宫廷绘画技艺的第四代传人，宫廷画师李挺梁是他的姑老祖，也就是他爷爷的姑父。“我爷爷王竹坪从小跟着姑父学画，做他的书童，每天和他一起进宫伺候，所以尽得姑父的真传。爷爷把这个技艺传给了我的叔叔和姑姑，我是从小跟着爷爷学的，如今我的孩子也在学，已经传到第五代，宫廷画技艺会一直在我们这个家族传承下去。”

王伟先生

关于这位姑老祖李挺梁的故事，王伟都是从爷爷口中听来的，可惜的是并没有照片或者画像留下来，他甚至不知这位前辈长什么样，关于他的史料也很少，他的一生浓缩成《中国美术家大辞典》中的两行字：“李挺梁，字云轩，清代画家，京师人，擅长指头画。”

指头画据说是李挺梁的独门绝技，用手指蘸上墨水颜料作画，这并非宫廷画技法，应是他闲暇时自娱自乐的玩意儿。王伟保留的李挺梁仅存于世的一张画就是指头画，很小的一幅，画在一个类似钱夹的袋子上，百年旧物，带着斑斑污渍和岁月的痕迹。

李挺梁仅存于世的指头画

“听爷爷说这个东西是放奏折用的，有时候姑老祖向皇上汇报事情，就把写好的折子放在这里面带进宫去。”这是一幅画得很随意的静物画，题写着“事事平安富贵吉祥”，是老百姓最普遍的愿望，落款为“砚华史李云轩偶作”。

“砚华史是他当时的官职，为五品官。听爷爷说，这位姑老祖少年时便才艺超群，1873年丁丑科进士入宫，才21岁就成为宫廷画师，一度掌管如意馆，历经咸、同、光、宣四朝，在宫里服务皇家 51 年。有一段时间他颇得慈禧太后赏识，在颐和园住了不短的时间。”1970 年，王伟曾在颐和园佛香阁楼梯西侧转弯的平台上发现一幅《花卉五福图》，落款李云轩，他觉得应为姑老祖的作品，在乾清宫内室的东墙上王伟也曾见过他的作品。

宫廷画作为一个独特的画派在中国已经出现近千年。相传五代时期黄筌供奉于西蜀的翰林图画院，为御苑中的奇花珍禽、名木怪石写生，作品富丽堂皇，反映了宫廷的审美趣味，被称为“黄家富贵”，为宫廷花鸟画奠定了基础。北宋末，徽宗画院的花鸟画达到极盛。他为了提高书画的地位，破天荒把书画列入国家科举制，定期出题取仕，从全国招收优秀学生。

康熙年间，宫廷绘画呈勃兴之势，至乾隆朝达到鼎盛。内廷设有专门管理宫廷画家的机构，如康熙时的“造办处”，雍正时的“画作”，乾隆时的“如意馆”“画院处”。

李挺梁在宫中供职的地方便是“如意馆”，属于皇室的服务性机构。此处会集了全国各地的绘画大师、书法家、瓷器大师，意大利画家郎世宁便是其中最著名的一位。据王伟的爷爷王竹坪回忆，当年宫廷画师的一个主要任务就是给皇帝、皇后、太后等皇室成员画肖像，李挺梁先后为慈禧太后、载淳（穆宗）、载湉（德宗）、溥仪画过像。

王竹坪 10 岁拜姑父为师，被收为义子，作为书童常跟随师父进出宫禁，对如意馆的情况也略知一二。据他回忆，宫廷用的画纸极为讲究，平时作画用的有冰雪宣、蝉衣宣、夹江宣、煮捶宣、贡宣、云母宣，等等，但是给皇上画像用的是一种纯金打造的极薄的金箔。墨也是特制的，研磨之后会散发浓香，含有名贵的药材。李挺梁曾经拿回家一块带云龙纹的墨，家中小孩鼻子出血，研一点磨喝下马上就好，竟成了一个偏方。

王伟的爷爷：王竹坪先生

宫廷画师有一个传统，就是对颜料极为考究，通常会自己制作，用的是纯天然的植物和矿物。然而，谁也想不到这竟为一桩家庭悲剧埋下伏笔。中国画颜料的藤黄有毒，王伟的爷爷王竹坪在家中制作颜料，大女儿误食了藤黄中毒身亡，令全家悲痛不已。

用照相机拍下故宫藏画珍品

在王伟的手中，还珍藏着一件李挺梁的遗物，是一个硬皮的册子，上面写着《名画集锦　云轩珍藏》，“这其实是宫廷画师们自己制作的一个日历，当年宫中有洋人进贡的照相机，如意馆的画师也有机会偶尔使用。溥仪退位以后，姑老祖大约也感觉在皇宫的时日无多，便和几位画师一起用相机把故宫珍藏的一些名画拍摄下来，拍了几百幅。出宫以后，他们把这些照片影印下来，选了 360 幅，做了这样一个日历”。

《名画集锦　云轩珍藏》

这是一个真正的“限量版”日历，一共只印了 8 件，几位宫廷画师各自珍藏。经历了几十年的战争和劫难后，如今这些名画真品有的不知所踪，有的流失海外，它们的影像在这本发黄挂历中，依然是岁月静好的模样。

命运坎坷的不仅仅是这些名画，还有画师们和宫廷画的技艺。1924 年，最后的几位宫廷画师随溥仪出宫，他们永远“失业”了。李挺梁拿朝廷俸禄，一生积蓄颇丰，可是唯一的儿子却因为染上了鸦片瘾，几乎败光了所有家产，晚年的他只好以卖画为生。

“1933 年，为了养家糊口，我爷爷王竹坪和二爷王松坪在琉璃厂紧邻荣宝斋西侧，开了一家清妙斋，以绘画和卖画为生。那时候社会动荡，不少画家生活落魄，把画拿到这里卖，爷爷也尽量周济他们，无论谁家没有嚼谷了，爷爷都会慷慨解囊，不求回报。”

因为李挺梁宫廷画师的名头不少人听说过，大家戏称他为“四朝遗老”，所以画店一度生意不错，会集了不少画家名流。王伟曾听爷爷说起一件趣事，当年张伯驹也是画店的常客，他倾尽家财收藏名画文物，一次看中一件宝贝却囊中羞涩，跑到画店里借了 200 块钱才买下了这幅画，张伯驹的夫人潘素也来店里和王竹坪切磋过工笔花鸟画的技法。

宫廷画技艺造就新中国工美大师

1943 年，李挺梁以 91 岁高龄去世，一代宫廷画师离去了，然而关于宫廷画的故事还没有结束。

中华人民共和国成立以后，“清妙斋公私合营归了国家，我爷爷王竹坪也成了上班族，在北京市公共卫生局负责画卫生宣传画，这也算是把过去服务于封建统治阶级的手艺用于服务社会大众了。”王伟记得，爷爷当时工作很认真，画了不少贴在街头的宣传画，例如，积极打苍蝇、灭蚊子、除四害，等等。“即使是宣传画也能看出宫廷画那种工笔重彩的风格，设色很讲究。”

1958 年，王竹坪来到中央工艺美术学校当教师，教授工笔重彩花卉，在这里他度过了快乐的 10 年，因为终于可以把技艺传给更多的人。他的学生中有田雨霖、贺伯英、张同禄等，都是新中国的工艺美术大师。他的女儿女婿王玉文和赵华是宫廷画的家族传承人，如今也是高级工艺美术师，

王竹坪作品

制作的彩绘瓷盘和鼻烟壶等工艺品多次作为国礼赠送给外国贵宾。

然而，一场浩劫的到来，宫廷画技艺几乎遭遇灭顶之灾。“当初，姑老祖和爷爷珍藏了一些古画，为了避祸，爷爷忍痛把画的落款裁掉，后来终于还是遗失了，家中一些古董尽数被砸被毁。”这种曾经服务于宫廷的绘画显然属于四旧，于是技艺只能在家人中间悄悄传习。

所幸家族中有不少爱画之人，王伟更是跟随爷爷学画，“我们家当时一共 6 个孩子跟着爷爷学，每天 3 篇小字，5 篇大字，一张画，这是功课，不做完不能吃饭，要求极其严格”。多年的艰苦训练，王伟对这项技艺越来越痴迷，他工作之余所有的时间几乎都用来研习画艺。

如今，王伟正在为家传的宫廷绘画技艺申请国家级非物质文化遗产，他认为宫廷绘画是一种独特的存在，“它具有和其他绘画不同的艺术韵味与精神内涵，它是韵味与力量的统一，并非仅仅通过指掌的运动就可以完成的，它包括心、眼、法、笔、墨、色的运用”。王伟说，宫廷画法中有一个特殊技艺，叫作“三矾九染”，为了使画面颜色薄而均匀，层次丰富，要一遍一遍地晕染，干了再染，至少染 9 次，甚至更多。“利用时间的推移、意志的磨炼，最终达到宫廷画派完美的效果。”

这种精神也许正是宫廷画得以传承至今的原因，饱经磨难，历久弥坚。

“站殿大将军”遇到的那些奇葩事

说起故宫，无人不知，红墙黄瓦，亭台宫阙，金碧辉煌，说不完的历史掌故，数不尽的文化瑰宝。然而这仅仅是世人对故宫表象的认识，人们也许从未意识到，在故宫这个“巨人”壮硕的身躯内，有一个个精细的“齿轮”不停地运转着，他们一代一代为故宫不懈努力着，他们就是“故宫人”。

故宫每一件在展的文物，都有专属的保管员；每一座古建，都有固定的维护者。每天，他们看着来自五湖四海的观众，对故宫巍峨的宫殿、绝世的珍品发出赞美，而他们则在聚光灯之外的地方，默默守护着。

他们是故宫里很普通的一群人，被故宫的同人们戏称为“站殿大将军”。他们所在的部门就是成立于1984年的故宫开放管理处，工作范围包括故宫开放时间内的所有开放区域，工作职责主要是看护文物、维护秩序，这是故宫人数最多的一个部门，竟多达700余人。我有幸走近这群“故宫人”，听他们聊在故宫几十年的故事。原来，这红墙里的世界，有完全不为我们所知的另一面。

守卫故宫

“站殿大将军”的由来

每天早晨7点钟，离故宫开门还有一个半小时，开放管理处处长王兆仁就来上班了，他是全处来得最早的人，因为“不早点来不放心”。王兆仁曾在部队从事过20多年的警卫工作，1.8米的山东大汉，身材挺拔，动作敏捷干练，看上去完全不像年近50岁的人。我接触了更多的“故宫人”后发现了一个奇怪的现象，这里的人都显得特别年轻，特别精神，难道故宫真有神奇的磁场?

像很多“故宫人”一样，王兆仁内心也有很深的“故宫情结”，“我1986年刚入伍时，部队领导带我们参观故宫，我就被这里深深迷住了。当时我就想，如果能在这儿工作，保卫故宫，保护珍贵文物该有多好，没想到这个梦想终于在20多年后实现了”。他告诉笔者，在故宫的每一天虽然工作压力大，但觉得特别“幸福”，不仅因为“进宫”了，还因为一起工作的同事都“勤奋又可爱”。

王兆仁每天来这么早是为了督促检查“启门”的各项准备工作。故宫开门关门不似寻常人家，都有专用术语，开门叫作“启门”，关门叫作“封门”，这里边的讲究大了。

据开放管理处的一位业余时间有专业研究的组长宁霄讲，故宫“启门”“封门”的好些老规矩还是从清朝传下来的。“其实在前清时，站在我们现在的岗位上的，正是一个个身穿黄马褂、腰横太平腰刀、头顶花翎的大内侍卫，比如乾清宫前值岗者，是身份最高的‘御前侍卫’，乾清门外的各处值岗者，是稍次之的‘乾清门侍卫’，再外围者，又有次之的‘蓝翎侍卫’，再外围则有护军。在前清时，这些侍卫不知疲倦地保卫着皇宫的安全，今天我们护卫的是宝贵的世界文化遗产，被称为‘站殿大将军’还是有点意思的。”

大殿里的“不速之客”

宁霄还记得他大学毕业刚来故宫工作的时候，启门时，带他的师傅告诉他“喊一声”，他便喊：“开门了！来了啊！”这些规矩，越是老故宫人就越为熟悉。可是，早晨故宫里一个人也没有，喊给谁听呢？“以前迷信的说法是为了让各位神灵躲避，其实是为了惊走小动物。”宁霄说。

故宫里生活着各种各样的小动物，猫就不用说了，它们身为“宫宠”如今已经成了网红，除此之外还有黄鼠狼、猫头鹰，等等。在故宫工作30多年的开放管理处党支部书记、处长沈丽霞告诉我，启门之后第一个要观察的就是门口有没有异常的痕迹，发现窗台上或者墙上出现一个脚印都是重大警情，必须查明白才能解除，但大多数时候他们看到的脚印不是人类的。“有各种动物的脚印，最有趣的是一种叫作人脚獾的，脚印像婴儿的小脚丫，特别可爱，可是我们只见过它的脚印，却从没见过它的真容。”

沈丽霞还记得20世纪80年代一次启门的“奇遇”，那时她负责守护的是内东路的诚肃殿，“一开门，就听见大殿里有动静，声音还不小。那时候故宫还没有配备专业的安保用具，我们几个人就拿着笤帚、墩布胆战心惊地走进大殿，发现是一只猫头鹰在里面乱飞，撞在展柜上砰砰作响”。据说，猫头鹰白天看不见，所以才会乱撞，大家费了半天劲抓住了这只猫头鹰，把它带出殿外放走了。

故宫开放管理处处长沈丽霞

金砖的“克星”竟是它

每天早上 8 点不到，开放管理处的各位小组长就要从钥匙房领取装着钥匙的帆布袋，带领自己的组员来到各小组管辖的区域，随着古老的大门发出吱吱呀呀的声响，整个故宫开放区域 220 多处大门次第打开，故宫从沉睡中苏醒了。

清晨，工作人员从神武门进入故宫上班

曾在太和殿工作过的展示维护科科长张绍华这样描述每天清晨的情景："推开厚重的殿门，清晨的第一缕阳光就洒了进来，洒在金砖上，洒在雕梁画栋上，洒在龙椅和匾额上，这场景像电影画面一样美，时间仿佛都静止了，人也好像都穿越回了从前，有一种难以名状的恢宏和伟大。"接下来，一天的工作就开始了，他们的第一项任务就是擦金砖。

金砖是一种两尺见方的大砖，从故宫初建时起，这种由特殊工艺制成的金砖一直都是紫禁城的专用品。现在我们看到的太和殿金砖是清康熙年间铺设的，至今，它们依然光亮如新。故宫太和殿内共铺设金砖 4718 块。金砖制作是一种古老的传统手工技艺，要长达两年的时间，金砖名字的由来有三种说法，一种是金砖由苏州所造，送往京城的，所以说是"京砖"，

金砖地面

后来演变成了“金砖”。另一种说法是金砖制成后，质地极为坚硬，敲击时会发出金属的声音。还有一种说法是在明朝的时候，一块金砖价值一两黄金，所以叫作金砖。

这样价值连城的金砖怎么保护呢？独门工具就是“油墩布”。负责金砖养护的周涛告诉我，“我们每天都会使用煤油沁过的油墩布给金砖做养护，不仅可以使它光泽鲜亮，还能够延长它的使用寿命，一定不能用水墩布。煤油也非常考究，使用的是航空煤油，清洁度高，没有机械杂质及水分等有害物质，对金砖的腐蚀小”。

在周涛的印象中，三大殿的金砖还遭遇过“劫难”，一般人绝对想不到它们的克星是什么，竟然是鸽子粪。“记得2016年初，我刚到三台（故宫人对前三殿的称呼）的时候，最让人头疼的就是前三殿里的鸽子粪，不仅有碍观瞻，还会腐蚀金砖。”

开放管理处的工作人员试过不少法子，在殿门上方加防护网，缩小门的高度，后来又掏鸽子蛋，放置鸽子笼抓捕，没想到小小的鸽子没那么好对付，它们的反应灵、记忆力好，筑巢和繁殖能力强，最终收效甚微。“最后只能用最原始的方法，我们用长杆子拴上红绳，把鸽子往外轰，不给它们喘息的机会，让它们感觉到这里是危险的，不敢再把这里当‘家’。这么一来，前三殿终于干净了。”

擦文物的“秘密武器”

要说擦文物擦得最专业最细致的那还要算 2015 年成立的故宫开放管理处展室维护科。2016 年《我在故宫修文物》的纪录片大火，这个科的工作人员也给自己起了个很响亮的名号——“我在故宫擦文物”。

说到擦文物，那也是很有学问的，不能上去就擦，必须要经过故宫文

擦文物也是很讲究的

保科技部专业培训，考试合格获得证书后才能做，对待不同文物都有不同的专业工具和操作流程。“我们所接触的都是国宝级文物，对待文物要像爱惜自己眼睛一样去呵护保养。”职工金松对笔者说。

文物保养的秘密武器是什么？又是一个大家绝对想不到的东西——核桃。“在对西六宫体和殿进行维护检查时，我们发现由于长期的光照日晒，殿里的紫檀条案、椅子，有的已经发干开裂，颜色也黯淡无光，我们查阅大量书籍资料后，决定用最原始无伤害的方法来进行保养维护，先把核桃砸碎，把里面的核桃仁都取出来，包在布里反复碾压，让核桃油吃进布里，再擦拭紫檀条案椅子。”对于这些独门诀窍，展室维护科的小伙子们非常得意，还总结了一句工作要点，叫作“时时常拂拭，莫使惹尘埃”。

在工作中他们还碰上过很多有趣的事情，“比如我们在太和殿维护中，发现龙椅后面有小骨头、小羽毛，还有硬币被藏在了不起眼处，我们想这是谁藏的呢？”难不成是皇上小时候藏的？“后来听老师傅们说，这是黄鼠狼干的，看来黄鼠狼真的很聪明。”

“故宫跑”到底为了啥

故宫里还发生过好多有意思的事，甚至有些还被总结成专有名词，“故宫跑”就是其中之一。笔者有幸在一次故宫启门的时候见到了著名的“故宫跑”。8点半午门一开，聚在门口的观众蜂拥而入，不少人以百米冲刺的速度往里冲，有的一边跑还一边举着相机，想拍下故宫空无一人的难得景象。

要说“故宫跑”最严重的情况还是出现在有热展的时候，比如2017年九十月间轰动一时的《千里江山图》展览。《千里江山图》是中国十大传世名画之一，这幅画作无论是画卷本身还是作者的身世都挑动着广大书画爱好者和专业学者的神经，大家全都“摩拳擦掌”，想要一睹芳容，由此引发了为期 45 天的“观图潮”。每天一大早，大家都急着来看名画，队排得老长，生怕晚了就看不上了。一开始检票，大家都往里跑，但是观众这么跑太危险了，这可把负责《千里江山图》展览秩序维护的开放管理处午门区域管理科的工作人员急坏了。

故宫清晨

这事也惊动了单院长，放出话来：“一定要减少排队时间，让观众舒心参观。”单院长还帮他们想出了一个主意，分时段发号，按每 30 分钟 150 个号牌的放行办法，确定每天正殿参观人数控制在 2400 人以内，观众领了号牌可以先到别处参观，到时间再过来。这样既方便了观众，又减轻了工作人员的压力。

这场热展的 45 天，对午门管理科的工作人员来说就像打了一场仗，科长张博辉和副科长张兴是两个又高又帅的小伙子，和笔者聊起当时发生的各种突发事件时，仍在兴奋当中，感慨万千。

虽然拿了号，但因为正殿里有的观众参观的时间比较长，排队的情况还是无法完全避免，所以有些观众不免有怨言。“有人抱怨说渴了，我们就把自己的矿泉水送给他；有人说饿了，我们就掏出自己带的零食给他吃；有的观众推着轮椅、婴儿车来，我们就主动帮着抬上抬下；还有的观众身体不适晕倒了，我们立即联系救护车帮着送医院。”这样的事情几乎天天发生。

热展快结束的前几天，观众的热情几乎到了白热化的程度，有的从国外飞来，有的从外地赶来，有的专门请假过来，有的甚至翘课过来看，为了满足更多人的愿望，后期每天都加号几百个，这就意味着工作人员全都要加班。“最后几天，送走最后一位观众的时候已经是夜里 11 点多钟，对于年老和行动不便的观众，我们都是举着手电一个一个护送下楼。”张博辉说。其实这还不是最晚的情况，故宫展览的最晚一次记录是 2015 年展览《清明上河图》时，当时在武英殿，到第二天凌晨 4 点钟才闭馆。

2017 年 10 月 30 日，《千里江山图》特展结束，名画重新回到库房，进入了“休眠期”，而坚守在午门的工作人员，也终于可以回家睡一个好觉了。

“文武双全”是怎样炼成的

开放管理处的小伙子们被称为“站殿大将军”不是白叫的，关键时刻，身手不凡，因为故宫常有各种突发情况，没点真功夫还真应付不了。

在故宫交泰殿前，内廷管理科王昆科长告诉我，2016 年 8 月 3 日这里发生了一起“跳殿”事件，这又是故宫的一个专用名词，指的是观众翻跃护栏跳进大殿的情形。“是一位外国观众，1.8 米多高体重将近 200 斤的壮汉，敏捷地翻过殿门口的护栏，跳进大殿，奔着宝座就去了。但还没跑出两步，我们站在门内执勤的小伙子飞身扑过去，把他牢牢按在地上，让他动弹不得。”这个叫蒋宝龙的小伙子看上去不高不壮，其实他是退伍特种兵，一身好功夫。

据说“跳殿”的情况在故宫经常发生，大多数是跳进去想照相，经过部门领导和故宫派出所民警批评教育，登记一下，没有其他嫌疑，认识到错误就行了。有些却是“精神病人”，一心想坐宝座当皇帝，这种情况在每年开春时尤其多，有时候一个小长假就有好几个。“我们守护中轴线大殿的工作人员都是精心挑选的身手敏捷的小伙子，有人跳殿或有别的不法行为，立刻就能制止。”王昆告诉我，开放管理处的前身叫作“守护大队”，当时

封门前巡查

守护三大殿的都是抗美援朝凯旋的老兵，枪林弹雨里过来的，他们虽然文化不高，但非常敬业，一心护宝，忠心耿耿，如今在这里工作的小伙子们也继承了这个光荣传统。

守卫红墙

开放管理处很多人武功不凡，而文功更是让人吃惊，有人甚至已经成名。1980 年就来故宫工作的开放管理处原副处长续君寨回忆，当时院里经常举办各种讲座，处里的人员工作之余基本都在学习，“三台、后三宫以学习书法绘画为主，内东外东学习专业知识的人较多，后来成才的人也不少，有好几位都成了书法、陶瓷界的大家”。

开放管理处更多的工作人员恶补文化知识是为了回答观众的提问，不给故宫丢脸，已退休的吴观斗就是其中一个。他告诉我：“经常有观众提出历史、文物、建筑，以及历代帝王及重要历史人物的诸多问题，我被问得一脸茫然，只能说，对不起，我不懂。经过数次尴尬之后，我觉得有必要加强业务学习了，之后我利用空余时间阅读文史方面的资料书籍，经常向老同志请教，还自学了明清史，熟记了24位皇帝的年号、庙号和生平作为。”

经过几年的努力，吴观斗基本能圆满回答观众提出的各种问题，他觉得，选择了“文物保管员”这个行业，就要与这个称号相符。像他这样的员工还有很多。

封门落下职业病

开放管理处每天最后的一项任务是封门，随着闭馆音乐声响起，工作人员开始拉网式清场，确保所有的观众都离开故宫，这时候就会有奇葩的观众出现了。

沈丽霞至今记得，那是20世纪90年代的事情，有一位喜欢“藏猫猫”的大爷，经常藏在故宫的角落里，有时藏在假山缝隙里，有时藏在隐蔽的亭子里。原来这个大爷精神有点问题，他自称皇帝给他托梦，只要能在故宫里睡一宿，就能当皇上，所以想尽各种办法藏着不出去。那一段时间，工作人员每天清场的一项重要任务就是寻找这位大爷，不让他的计划得逞。

因为各种奇怪的原因想在故宫过夜的观众不止这位大爷一个，所以封门检查必须非常仔细，雨雪天气更是不能疏忽。很多老员工都知道，故宫有奇怪的“封门雨”，盛夏时节，越到临近下班，憋了一天的大雨越肆虐，恶劣的天气也不能放松警惕。有的小院通道狭窄，假山林立，大家就丢掉雨伞，钻山洞、爬假山、转小院，衣服淋湿了也不在意。

很多人都记得，2012 年夏天最大的一场雨，大批没带伞的观众滞留在展厅、屋檐等处寸步难行，职工们把自己的雨伞、雨衣，借给了观众，有的职工还自觉做起了“摆渡”，在低洼积水处将观众一个个背出去。

清场完毕之后就是锁门了，喧闹了一天的故宫又重回宁静，乌鸦开始回到这个原本属于它们的世界，在上空盘旋、觅食，二百多处古老的大门次第闭合。

故宫封门

笔者发现职工们锁门都有一个不自觉的动作，锁上后再使劲拉几下锁，再左右晃两下，王昆科长解释，这是为了防止门锁回簧，一旦锁没有锁上，不管文物有没有事，都是天大的事。

王昆

“这都成了我们的‘职业病’了，有时夜里醒来还在想自己负责的门锁会不会有事，今天的封门检查是不是都走到位了，是不是有什么异样没注意到，是不是漏掉了什么蛛丝马迹。”沈丽霞说，他们的工作看似平常实际很难，因为对自己的要求就是“一辈子不出差错”。2018 年 12 月 31 日晚故宫封门的时候，沈丽霞落泪了，一年终于平安地过去了，一代又一代故宫人，就这样把最好的年华留在了这里。

他们在院子里擦肩而过，不会给人留下任何印象，他们是再普通不过的一群人，每天做着枯燥、平凡、重复的工作。“但我们却是故宫的名片，是故宫的形象大使，是故宫的守护者。”沈丽霞自豪地说。

我在故宫讲文物

2019年，故宫前院长单霁翔退休的时候曾经说过一句话，至今仍然让很多粉丝惦记着。他说，如果退休后，要是能考上志愿者，很乐意为观众提供义务讲解和咨询服务。他自称是一名故宫讲解员，在故宫这几年进行了近2000场讲解，时间约2000小时。不过他又说："考故宫志愿者很难的，他们很严格。"

正如单霁翔所说，在故宫做一名志愿者可不是一件容易事，据了解，要经过7道门槛的考核：首先是网上报名，应聘者要准备一份能够打动故宫的简历，这像找工作一样，简历需要精心准备；第二步是简历筛选；第三步是笔试；第四步是面试；第五步是面试录取后的岗前培训；第六步是上岗前的讲解考核；第七步是在通过考核之后，定时定岗地完成志愿者服务。

这七项考核难度是逐步升级的，最难的一项还是志愿者能否克服种种困难一直坚持下去，这就需要对传统文化具有浓厚的兴趣，出于真正的热爱。从2004年至今，故宫每年都要向社会招募30名到50名志愿者，累计不过数百人，而报名者众多，有时候真可以说是百里挑一，由此也可见考核之严格。如今，志愿者已经成为故宫一道亮眼的风景，甚至不少已经成为网红，他们的故事，也为古老的故宫增加了新鲜动人的色彩。

故宫志愿者团队

讲故宫“瓷母”大瓶贯口引爆全场

故宫志愿者张甡曾在《国家宝藏》里以国宝推介人身份亮相，而为大家所熟悉的是他推介的著名的乾隆“瓷母”大瓶。他介绍“瓷母”复杂的工艺和特点，各种专业词汇一气呵成，宛若一段高难度的相声贯口，瞬间引爆全场掌声，连主持人张国立也是赞不绝口。

故宫志愿者们来自各行各业，有大学教授、外企高管、电台播音员……在这个“高精尖”的人群中，张甡也显得格外突出，不仅仅是他一米九五的个头，留美归国的背景，最“圈粉”的就是他的讲解绝活——以相声贯口形式呈现清乾隆“瓷母”各种釉彩大瓶的 15 种、17 层釉彩。“珐琅彩胭脂紫地缠枝宝相花、洋彩松石绿地缠枝莲、仿哥釉……”这些拗口的陶瓷烧造技艺和名称，张甡不仅能全部记下，还能在 2 分钟左右的时间内按顺序一一准确叙述。有观众惊叹：“讲解员一张嘴，感觉能说出上下五千年。”

36 岁的张甡 2013 年通过考核成为故宫志愿者中的一员，主要负责文华殿陶瓷馆及奉先殿钟表馆的讲解服务。他平均每年要讲解约 50 次，也就是说坚持每周都来故宫做志愿服务，有不少粉丝会专门到陶瓷馆等着他，就为了听他的“贯口”。

“我现在可以保证，自己可以解答几乎所有观众向我提出的问题。”张甡有一个外号，被观众称为“问不倒”。张甡的父亲是位热衷古代艺术品收藏的油画家，耳濡目染下，他对中华传统文化也有着很深的感情。“很小的时候，我父亲就给我讲‘昭陵六骏’的故事，这都是潜移默化的作用。”张甡说，自己最大的心愿是看到遗失海外的两块“昭陵六骏”浮雕石刻回到中国。

作为古代制瓷工艺的巅峰之作，“瓷母”外观颜色鲜艳、装饰繁多，不少网友据此调侃乾隆的审美水平为“农家乐”。为此，张甡专门写了长微博，为乾隆的审美正名。他经过认真的研究做出了自己的解读。

故宫志愿者，左二为张甡

他提出：“请注意！乾隆所希望的是通过这样一件大瓶来展现历朝历代的名贵釉彩。乾隆以一种几乎均匀的间距在大瓶的各个部位分别安排了宋、明两朝最有代表性的釉彩，但是他却仍然将对于一件大瓶来说最重要的几个部位，全部都留给了本朝的釉彩！乾隆显然是在说：古代最名贵的釉彩在下，我本朝最名贵的釉彩在上，前者不如后者！王朝如是，明君亦如是！”

张甡认为，这才是乾隆命人制作这尊大瓶背后真正的用意。不用说一句话一个字，仅仅依靠各个釉层之间的巧妙排列就将如此深邃的政治理想完美又含蓄地表达出来——这才是乾隆的水平，才是乾隆御窑瓷器的水平。

“‘瓷母’表达的是乾隆的政治追求，他希望通过这样一件件大瓶来展现历朝历代的名贵釉彩，表现鼎盛王朝海纳百川的思想和气势。”张甡说。乾隆在一道给定诸多苛刻限定条件的“审美水平考试”中，交出了一份近乎满分的完美答卷。

凭借过硬的专业知识和沉稳自信的讲解气质，陶瓷“问不倒”张甡初登《国家宝藏》的舞台就成了“网红”。日常讲解间隙，很多年轻游客争相与他合影。对此，张甡表示，如果他的讲解能使一些人爱上陶瓷，爱上文博，这就是志愿讲解工作最大的成就和满足。

从2016年开始，张甡每年暑假都会为“鸿雁助学夏令营”的同学们进行义务讲解。“上午国博，下午故宫，一天七八个小时，确实很累。”张甡说。但他特别开心，因为能感受到孩子们对历史和文物的热爱。

如今，张甡的讲解舞台早已不囿于小小的展厅，广阔的互联网空间成为他与广大观众交流的平台。张甡开始在微博上系统讲解陶瓷知识。他将中国陶瓷发展史比作一个人的成长历程：从新石器早中期时代呱呱坠地的“婴儿”陶器，一步步成长为“英姿飒爽”的宋代名窑，“正值壮年”的明清瓷器……

张甡很看重自己这份“传承民族文化基因”的工作，“传承有小有大，我只是做了一点小事。人总要做一些事情，与金钱无关。”张甡说。

两代人的故宫情结

“每次走在宫中，秩序井然的宫殿布局，以及雄伟壮观的木结构建筑群总能使人感受到庄严肃穆的皇家气派。偶尔我也会寻觅宁静的地方，仔仔细细地观察宫中并不引人注意的古代文物：一棵古树、一座桥、一个铜缸、一尊小雕像、一口小枯井……看到这些，我内心中总会懊恼为什么小的时候没能早些看到它们。”

王佳丽立志做一名故宫志愿者，是因为受父亲的影响，她的父亲是故宫工作人员，她从小就跟着父亲出入故宫。在三四岁时，就跟着父亲在宫中看各种展览，上学后的每个寒暑假，故宫也是一定会去的。

王佳丽在故宫做志愿者

“我父亲工作的部门叫陈列部美工组，他的本职工作就是做展览说明。那个年代不用电脑，所有的展板、题目、文字说明都是要用毛笔书写。”王佳丽在讲解故宫的时候，在“石鼓馆”和“郑振铎捐献文物展”都能看到当年父亲的字，觉得特别自豪。

然而，第一次参加故宫志愿者的考核，王佳丽却意外地没有通过。“我从小就泡在故宫里，自以为很多知识、典故早已烂熟于心，一定能胜任志愿者工作。抱着这样的想法，我报了名，随后又顺利地经过了培训、分馆等流程，到了最后考试阶段。我被分在了陶瓷馆。”

最初，王佳丽以为志愿者考试并不困难，所以简单学习了一些陶瓷基本知识就去参加考试了，她的主考官之一便是资深志愿者号称“问不倒”的张甡。“考试过程中他提出了很多问题：烧造的温度，釉水组成成分，烧造的次数，釉水中何种金属充当呈色剂、助熔剂，为什么红陶是红的，灰陶是灰的，等等，很多问题都把我难住了，这时我才意识到以前掌握的知识连入门级都算不上。”

有了第一次的教训，王佳丽便开始跟随张甡等多位志愿者老师学习陶瓷知识，备战第二次考试。随着接触的志愿者老师越来越多，她发现故宫志愿者团队简直是卧虎藏龙，每位老师都知识渊博、乐于助人。“在接下来的学习过程中，我越发感受到中国文化的博大精深，感慨自己的知识储备不够丰富。比如，一个小小的成化斗彩鸡缸杯，可能一些人只知道它拍出了 2.38 亿元的天价，但它体现的帝王家子嗣绵延的愿望与成化皇帝的心境却鲜有人知。”

功夫不负有心人，第二次考试王佳丽顺利通过，终于正式加入故宫志愿者行列。上岗之后，她讲解了延禧宫的《五大名窑——哥窑》《正统景泰天顺三朝瓷器》，景仁宫的《嘉靖隆庆万历三朝瓷器》，除陶瓷外还讲解了《清初四王山水》《几暇怡情——乾隆与词臣书画展》《清明上河图 3.0 动态展》等。从瓷器馆到延禧宫，再到景仁宫，从陶瓷专类讲解员到能够服务书画展，王佳丽的故宫志愿者之路越走越宽。

让王佳丽特别高兴的是，不久前一位新加入志愿者团队的杨老师高兴地拉着她说，正是因为在哥窑展时听了她的讲解，带着对瓷器的热爱，也加入了故宫志愿者团队。“赠人玫瑰，手有余香”，这正是故宫志愿者的写照！

故宫即将迎来600岁生日，王佳丽每次走过断虹桥边那棵快600岁的古树就会心生感慨，中华文化正如这古树一般历久弥坚。“博物馆热已经到来，越来越多的年轻人开启传承中国文化之路，打通历史与现在，连接越来越多的中国人，进而将中国和世界紧紧联系在一起。”王佳丽为自己在故宫所做的工作深感自豪。

王佳丽在故宫为观众讲解

坚持13年用诗词讲故宫故事

每周五的上午，都能在故宫珍宝馆里见到一位老人的身影，他满头银发却步履矫健。退休以后，金宝岩在故宫志愿服务已经13年，超过1000小时，他还曾获得故宫博物院颁发的“水晶玫瑰”奖杯。金老爷子也有自己的一手绝活儿，在故宫200多位志愿讲解员中，他最善于用诗词为游客讲故事。

金宝岩喜欢历史、热爱诗词歌赋，时不时地还写写诗。56 岁那年，金宝岩从电气高级工程师的职位上退休。正好那年故宫招募第二批志愿者，闲不住的金宝岩赶紧填写了报名表。

故宫志愿者讲解员的淘汰率相当高，金宝岩担心故宫博物院不接收他，就灵机一动，在报名表里写了四句诗："花甲心犹不欲归，夕阳满目彩霞飞。时时运甓休停步，不信春风唤不回。"

如今回想起来，金宝岩已经记不清当初的考题了，他只记得当时，他把自己写的十多首诗词，全部打印出来交了上去。这份材料果然成了金宝岩的加分项。在众多应试者中金宝岩脱颖而出，如愿成为故宫的第二批准志愿讲解员。

为了能最快地熟悉，更好地讲解，金宝岩就琢磨着，古诗词是中华传统文化的精髓，而故宫里的物件多是"有文化的"，讲解中多引用诗词，既能让观众愿意听，还能弘扬传统文化。准备了 3 个月，金宝岩第一次试讲就顺利通过了。从此，故宫就多了一位爱用诗词的志愿讲解员。

宁寿宫乐寿堂的门上有一首乾隆皇帝的御题诗，这是金宝岩每次必讲的内容。乐寿堂本来是乾隆皇帝打算安心养老的地方，但最后他没有回来。"为什么没有回来？一句'寝兴六十养心惯，耄耋迟回乐寿来'道出了其中的缘由，寝兴六十，就是在养心殿生活工作六十年，已经习惯了。所以，到了耄耋之年（退位当太上皇），还没有回到乐寿堂来，要继续'训政'。"

讲解"大禹治水图玉山"上的印章"五福五代堂古稀天子宝"时，金宝岩就引用杜甫的《曲江二首》，"酒债寻常行处有，人生七十古来稀"，让跟着他的观众赞叹，这个笑容可亲的"黄马甲"，"真是个文化人儿！"

故宫志愿者，左二为金宝岩

金宝岩因热爱诗词进了故宫，而故宫让他对诗词更着迷。同是讲解员的王佐诗为金宝岩对诗词的热爱所打动，介绍他进了一个由退休教师组织成立的“红烛诗社”。自此，金宝岩又开启了一扇学习诗词的大门。

酷爱写诗的金宝岩把生活中的点点滴滴都用诗词记录下来。在第一期《国家宝藏》节目录制时，金宝岩是国宝“乾隆各种釉彩颜色大瓶”的护宝志愿者，在等待录制的间隙，他作了一首嵌字诗赠给主持人张国立。每句的第二个字，连起来就是“张国立存”：“一张大网铁三角，故国云烟四二年。矗立大瓶颜色艳，常存风范主持篇。”

2019 年，金宝岩 69 岁了，在故宫做志愿讲解也已经 13 年。因为前几年发生过 70 岁以上志愿者在故宫服务时身体出意外的事，故宫立下了新标准，“到站下车”，标准就是 70 岁。眼看着在故宫用诗词讲文物的时间只剩下一年，金宝岩非常不舍，但他还能赶上故宫 600 岁的生日，“也算是幸运的”。

回想自己在故宫的 13 年，对博物馆的热爱已经成为他生活的一部分，“以后虽然不是志愿者了，我还是会常来故宫，如果大家愿意，我还可以作为普通观众为大家义务讲解。”金宝岩说。

故宫人的特殊气质是怎样炼成的

每次靠近故宫，都会有时光变慢的错觉，红色的宫墙内外，仿佛是两个世界，宫中的岁月缓慢、悠长，这里有一群与众不同的人，几十年只专心做一件事。

这几年，因为种种机缘巧合，我得以在故宫行走，认识了故宫不少文物专家，其中不乏大咖泰斗；也认识了很多普通员工，在各自的岗位上兢兢业业地工作。他们有个共同的名字，就是“故宫人”。

似乎故宫有一种神奇的气场，赋予这些“故宫人”身上一种很相似的特质。曾经有一位故宫老人对我说：“故宫的墙太厚，外面的风吹不进来。”故宫的高墙，围住了这一块清净之地，让他们在这个浮躁的时代，守住了自己的志趣和初心。

一代代传承的“故宫气质”

如今，故宫的文物修复专家们已经搬到了西华门附近的“文物医院”工作，在此之前的几十年，他们的工作地点是“南三所”，据说以前是紫禁城冷宫的所在地。我曾经多次来过这里，我觉得这里的环境似乎比“文物医院”更适合专家们工作，寂寞宫墙，隔开了外面的喧嚣，时光似乎在这里静止了。

南三所

几个毗邻的大四合院一座接着一座，分别是科技处的青铜、钟表、镶嵌、瓷器、书画等十几个小组的办公室。门口挂的是“故宫博物院文物科技处”。据说《我在故宫修文物》纪录片火了之后，有3万多人报名要来这里工作，但真正能留下的极少，故宫的专业人员不但要有出色的专业水平，更要能静得下心，耐得住寂寞。

古老的大门安装着现代的门禁系统，工作人员每天刷卡进入，外人很难进来。办公室是几百年的古建，虽然已经朱漆脱落，但是建造得非常讲究，院子里有海棠、柿子、丝瓜、葫芦，果实累累，显得特别接地气儿。

院子里的葫芦长成了，挑选形状好的做成蝈蝈罐子，饲养秋虫，是专家们的一大乐趣，他们种花种草，养鸟养虫，修身养性，淡泊心志，只为静心。春天的时候，院子里海棠盛开，花木扶疏，异常美丽，据说这些花树都是上一代故宫专家种下的，他们在这里工作了一辈子，但没有人知道他们的名字。

挂满葫芦的小院

前面提到过的故宫摹印传人沈伟曾经跟我说，院子里的柿子树是当年他的师父种下的，前人栽树，后人乘凉，每年还有果子吃。多年来，师徒俩经常在这棵树下闲坐聊天，师父传授的除了技艺，还有心法。但可惜的是，沈伟还没来得及找到摹印下一代传人，就溘然长逝了，这项故宫“非遗”，从此竟成绝响。

故宫的工作区里还有不少这样的院落。故宫东华门附近的一个小院子里，有一位 70 多岁的老先生，他每天会骑车从东华门进入故宫上班，中午到北门的食堂吃饭，我曾经在故宫几次遇见他，觉得老人非常慈祥和善，并没有特别留意。

直到他走进央视的《国家宝藏》节目，人们才知道这位名叫梁金生的老人是故宫的“大内总管”，全家5代人都为故宫工作，他大半生做着和父亲同样的一件事，寻找故宫失落的国宝文物。退休后他依然待在他的小办公室里，拿着一个比脸还大的放大镜研究文物和古籍，几十年他就这样过着低调而简单的生活。

在神武门附近的另外一座小院里，有一间不大的办公室，它的主人是我曾经拜访过的一位老故宫人——故宫博物院研究员、中国青铜器泰斗杜迺松先生。杜老年过八旬，在故宫工作已经50多年了，他每天就埋首资料堆中，痴迷于他热爱的文物和历史，聊起这些，他充满深情地说：“青铜器，国之重器啊！”

青铜大师杜迺松

杜老屋子里一张破旧的桌子给我留下了极深的印象，几乎连一个水杯都难以放平，可是杜老却似乎完全没有注意到这些事情，只要有一个地方可以做研究，他就心满意足了。

杜老每天骑着一辆自行车悠然往返于不远处的家和故宫之间。“你知道吗？自行车是故宫里最好的交通工具，老‘故宫人’几乎都骑车。”在故宫工作的人都习惯自称为“故宫人”。

自行车棚

故宫工作区的车棚里停满了自行车，每天到了下班时间，这些自行车的主人会准时骑上车，离开故宫回家；这里的称呼是师父和徒弟，大家都恪守着一些规矩，几十年来，这些东西在故宫似乎从未改变过，这里一代代传承的，是属于故宫的特殊气质。

“自学成才”是故宫一贯的风气

故宫作为一座闻名世界的博物院，还有很多普通的工作者。这几年，我认识了不少故宫各个岗位上的工作人员，他们对故宫的热爱和敬业给我留下了深刻的印象。午门管理科的张兴和王岩是两位很帅的小伙子，他们手下有几十名员工。他们和其他工作人员一样，从启门开始到上岗，一直值班到封门，中间只能轮换出 1 小时的吃饭休息时间。

张兴和王岩所负责的区域从午门到太和门，包括午门城墙上下以及金水桥等区域，工作常年在室外，无论晴雨，一周两个公休日。王岩已经在故宫工作了 10 多年，“觉得辛苦吗？”“还好，已经习惯了。”“有没有什么职业病？”“静脉曲张，基本上大家都有。”“有没有过打退堂鼓的想法？”“没有没有！”王岩说话声音不高，即使周围人声嘈杂，他依然声音沉稳，并且始终微笑着，“‘择一业，终一生’，我真的是这么想的，我们都是这样的。”他认真地说。

张兴和王岩

王岩说的话确实是很多故宫工作人员的想法，开放管理处的一位女工作人员张绍华告诉我：“我们这里的人特别质朴，好像深宫红墙隔开了外部的利益纷争，每个人都踏实而平和。”

珍宝馆门口的验票员王泽是一个高高大大的小伙子，一脸笑容，他是一位“微笑标兵”，看到他就让人不由自主地跟着微笑起来。王泽的任务是验票，也是一位“义务讲解员”，给观众讲起九龙壁出口成章：“九龙壁是影壁的一种，在院子以内的叫作壁，院子以外的叫作影。九龙壁在第三条白龙的肚子下面有一块是用木头雕的，传说是……”这一讲就是十几分钟。

王泽隶属于故宫开放管理处，对员工并没有讲解上的要求，但是大家觉得观众不会因为你是负责安保的人员就不向你提问题，所以都利用业余时间自己学，很多人自学成才，甚至还有人能用流利的外语给外国观众讲解。

恶补文化知识是“自学成才”的极佳途径，前面讲过的已退休的老故宫人吴观斗就是其中一个。他通过“恶补”，还自学了明清史。

“自学成才”是故宫多年来一贯的风气。1980 年就来故宫工作的开放管理处原副处长续君寨回忆，当时院里经常举办各种讲座，处里的人员工作之余基本都在学习。有意思的是，驻守不同岗位的同志都有自己专攻学习的方向。“三台、后三宫以学习书法绘画为主，内东外东学习专业知识的人较多，后来成才的人也不少，有好几位都成了书法、陶瓷界的大家。”

这样的故事在其他单位并不多见，为什么故宫会延续这样的风气？故宫开放管理处处长沈丽霞给出了答案，她在一篇文章中写道：“当我站在这片红墙黄瓦的土地上，面对着气势恢宏的古代建筑群，我感到了自己的渺小；面对 600 年的历史积淀，我感到了自己的浅薄。这座浩瀚的、充满无限智慧的知识殿堂，让我有了立刻投身其中去汲取养料的渴望……”

沈丽霞 19 岁进故宫工作，如今已经 35 年。一代又一代故宫人，就这样把最好的年华留在了这里。

风风雨雨中，沈丽霞与单院长一起看护着故宫

全世界独一份的“加班福利”

围观“故宫人”的朋友圈，是一件很“治愈”的事，通过他们发出的照片，会看见平时难得一见的故宫，有时是清晨第一缕阳光照进大殿，有时是傍晚的火烧云“点燃”角楼，有时是闭馆日深锁重门花落无声……这些景色通常都是早出晚归的故宫人加班才能看到的，他们晒出这些照片，并

不是感慨加班辛苦，而是在炫耀“加班福利”，这样的“福利”，在全世界也是独一份吧！

故宫开放管理处的张绍华充满感情地写下了她的工作感受：“晚上清场也是一种享受，目送最后一位观众离开，喧闹了一天的故宫又重回宁静，站在三大殿台基上，凭栏远眺，现代的钢筋水泥丛林中，紫禁城屹立其中，见证着世事变迁……”

繁忙的工作，对很多“故宫人”来说，是一种享受，是一种责任，更是一种自豪。王昆科长告诉我，他家离故宫不远，1993 年来到故宫工作，正式成为一名“故宫人”，总能得到别人羡慕的目光，心中常感幸福与骄傲。“记得一位同行说过，故宫像一座山，博大精深，学无止境，任何人来到山脚下，都会像一名学生，肃然起敬。”20 多年过去，当年的小伙子如今快 50 岁了，但是王昆对故宫的敬畏和热爱从未改变过。

在故宫工作人员中，玩摄影的人不少，大多数都是自学成才，高欣就是其中之一。我看到很多故宫人转发他的作品，非常漂亮，于是知道了他的名字，相互加了微信快一年才相约见面聊。他当时正在坤宁宫附近站岗值班，他也是故宫开放管理处的工作人员，是一位“站殿大将军”。每当下班之后，高欣才背起相机，开始他在故宫的摄影生活。

高欣告诉我，拍摄故宫来自内心深处的“故宫情结”，因为他是一名“宫二代”，父亲也是故宫的工作人员。“我从小就是在故宫里边泡大的，打从幼儿园时代起，就在故宫玩，特别熟悉，对故宫感情很深。”从简单地记录，到慢慢入迷，随着镜头的一次次拉近，高欣觉得自己对故宫的观察不断加深，发现的细节也越来越多，镜头下展现的故宫也更为迷人。这几年，他的作品在圈内已经小有名气，刊登在故宫内部的报纸上，甚至登上故宫的官微。这种满足和成就感，对于高欣来说，是无可替代的“加班福利”。

故宫里沉浸在“加班福利”中的人还有一位，她就是故宫书店的负责人徐梅，这位漂亮开朗的川妹子，喜欢用微博和朋友圈记录故宫的生活与工作，真是羡煞旁人，我笑称她简直是在“拉仇恨”。

故宫的上班时间是 8 点，但是徐梅每天不到 7 点就要赶到书店，为什么这么早去上班？“喂猫呀！”她的理由很充分，箭亭书店里 5 只可爱的“宫宠”在等着她喂食，徐梅的一天就是在 5 个小毛球的簇拥下开始的。她经常和大家分享猫大人的有趣小视频，营造故宫最美的书店，这些“宫宠”的贡献也不可低估，不少观众是专程来撸猫的。

一杯清茶，几卷书册，5 只宫宠……这样的时光，怎可辜负？徐梅告诉我，她热爱故宫的这份工作，和钱没有关系，故宫带给她的这些美好感受是其他工作无法替代的。

每天清晨，朋友圈里晒出的一组组“故宫，你早”的美丽图片，我知

徐梅和她的猫

道故宫人又开始了繁忙充实的一天。我想，是故宫独特而强大的气场熏陶了在这里工作的人们，使他们拥有了专属的故宫气质；而一代代故宫人的辛勤工作，又如同一个个精巧的齿轮，支撑起故宫这个“巨人”壮硕的身躯，使它充满活力不停地运转。

一群人，和一座古老的殿堂，就这样相互成就，有机运转，故宫的生命力就在于此吧！

另类守护者

书店——皇帝的南书房

每天一早，大批观众还没进来，徐梅就在故宫上班了。穿过 600 年的古老宫殿，走过黄色琉璃瓦顶的红墙，就像走进一幅恢宏静美的画卷。来到景仁宫故宫书店门口，每天这里的第一位顾客，著名的网红猫“鳌拜”已经早早等在那里，抱起“鳌拜”进门，花草葳蕤，一室书香，故宫书店的一天就这样开始了。

最近，故宫越来越火，甚至宫门外的角楼咖啡馆也等座不易，撇开这些喧嚣热闹，其实故宫里古雅的书店更令人流连忘返。两年来，在故宫的花园、殿宇之间，如同散落的明珠，新添了 8 家精致的故宫书店，在这里，可品茶，可读书，可静坐，可撸猫……

故宫书店负责人徐梅给我讲了许多关于书店的小故事，让我有机会向大家揭秘“故宫书店养成记”，它是如何成为一个美到角落里，连猫都不愿意离开的地方。

徐梅和网红猫“鳌大人”

隐蔽在御花园一角的皇帝书房

迄今为止，故宫里已经有了 8 家风格不同但同样美轮美奂的书店，都是由故宫出版社经营管理的直营店。它们分别是摛藻堂·故宫书店、景仁宫·故宫书店、文华殿·故宫书店、斋宫·故宫书店、珍宝馆·故宫书店、钟表馆·故宫书店、钟粹宫·故宫书店、箭亭·故宫书店。每一家故宫书店都因所在的位置和历史渊源，有着不同的主题和特色，绝无雷同重复之感。

徐梅告诉我，摛藻堂·故宫书店是 2017 年 5 月开始正式迎接宾客的，也是最具历史沧桑感和文化底蕴的一家，因为摛藻堂的西耳房曾经是乾隆皇帝最喜欢的一间书房。据她回忆，当时故宫出版社和设计团队、古建部的王时伟老师磨合了很长时间关于西耳房的重装方案，最终在前故宫博物院常务副院长兼出版社社长王亚民先生的确定和支持下决定恢复历史原貌，彰显原本的皇家气息。

故宫出版社请宫里的古建专家进行修复，屋顶用的是传统的手工纸层层裱糊。别看西耳房小屋不起眼，地上铺的可是价值连城的“金砖”。当初设计的时候决定西耳房里面不通电，不使用任何电器，完全利用自然光，就是为了保持这里古旧的样子。然后又和设计团队决定在另外几间房的金砖上，用钢龙骨垫高 8 到 10 厘米后铺设防火材质的木地板，这样既便于顾客行走，又起到了保护文物的作用。

清朝时，摛藻堂主要用于贮藏《四库全书荟要》，“摛”是传扬、铺展的意思，“摛藻”意为弘扬文化。《四库全书荟要》是《四库全书》中挑出来的精华，一式两份，其中一份即贮藏于摛藻堂，供乾隆皇帝随时翻览。乾隆在紫禁城有很多处书房，而这间小屋是他最喜爱的一处。

这间书店里，皇帝的痕迹无处不在。小屋的门楣有乾隆皇帝题写的匾额“宿风”，楹联为“从来多古意，可以赋新诗”。装饰很朴素，当年的乾隆皇帝经常到这里查阅古籍，阅古、吟诗是他休闲生活的一大内容。

进了西耳房小屋，半卧床榻，看书之余，顺着小屋冰裂纹的窗户望出去，一棵古柏成了最好的窗景图。这棵古柏曾经被乾隆皇帝写进了诗里，它见证了王朝的兴衰，也陪伴了乾隆很多读书时光。

对摛藻堂书店这种修旧如旧的设计，徐梅解释，正是为了让如今的观众能够亲身体验一下当年乾隆读书的感觉。逛到御花园，基本已经到了游览的终点，“进书店歇歇脚，看看书，买一点书籍和文创，就能把故宫文化带回家了”。

单院长封它为“故宫最美书店”

故宫里有一家“最美书店”，指的就是文华殿的这一家，它也一度是故宫的网红打卡圣地。徐梅说，这“最美”的荣誉是单院长亲口封的。它是 2018 年 6 月初开业的，正式迎客前一天，单院长来视察，进来一看觉得眼前一亮，脱口而出：“这是我们故宫最美的书店！”结果第二天，这句话就在媒体上出现了，从此名声远扬。

单院长和徐梅

文华殿始建于明初，位于外朝协和门以东，与武英殿东西遥对。因其位于紫禁城东部，并曾一度作为“太子视事之所”。明末李自成攻入紫禁城后，文华殿建筑大都被毁。清康熙二十二年（1683 年）始重建。明清两朝，每岁春秋仲月，都要在文华殿举行经筵之礼，讲习“四书五经”。清朝的康、雍、乾诸帝文化素养都非常高深，讲习之余，还会指名文臣辩论。最后，作为对有幸参加典礼的文臣们的特殊奖励，皇帝会率领文臣来到殿后文渊阁，赏赐文臣翻阅阁中的藏书，文渊阁是藏书楼，《四库全书》都曾收藏于此。

明清两朝殿试阅卷也在文华殿进行。此外，明代设有“文华殿大学士”一职，以辅导太子读书。清代，文华殿大学士的职掌变为辅助皇帝管理政务，统辖百官。

可以说，几百年来文华殿的历史就是书墨飘香的历史。在这里开一个书店，一砖一瓦，一草一木，都集萃了文华殿的精华和灵气，这样的书店，被称为最美书店，自然也是名副其实。

徐梅说，最初这家书店被设计成有点像图书馆的感觉，但是故宫出版社的领导和她觉得并不满意，这不是他们心中故宫书店应该有的样子。“对游客而言，来故宫，游览那瑰丽的皇家建筑之余，留点时间，静下心来，到书店看看。品质精良的书籍，传统雅致的陈设，萦绕着一缕茶香，感受纸张滑过指尖的独特触感，与邂逅之人畅谈，品味书墨飘香，点点滴滴之间，都充满着心灵舒适岁月静好的惬意。这，也是读书的初心。”

因为书店要配合文华殿的书画展，最终，文华殿书店改成了如今这种开放式的富于艺术气息的设计，有茶座，有花草，美丽的盆景与书籍相互映衬，小摆件点缀其间恰到好处，每一本书的陈列都花了心思，让人有捧起来翻阅一下的冲动。走进这个书店，几百年凝聚的书香历史仿佛轻轻扑面而来，如此精美典雅，让读者生出格外的珍惜与重视之情。

每盆花草都会摆出最美的角度

走进这些故宫书店，虽然各具特色，但相同的感受就是环境的古雅精致。一盆兰花，一蓬衰草，几个莲蓬，甚至随意插在瓶中的狗尾巴草，都是可以入画的景致，真可以说是“美到角落里”。

看似随意的这一切其实都是精心设计的，其中有设计团队的功劳，也有徐梅自己的匠心独具，还有书店工作人员的精心维护。徐梅称自己是个“细节控”，因为大学学习的专业是实用美术，所以对审美有着敏锐的直觉和苛刻的要求。

古色古香的故宫书店

“你相信吗？我们书店专门为养花制定了一个员工制度，详细说明各种花卉绿植怎么养护，几天浇一次水。”徐梅告诉我，书店里的一花一草一木都是他们亲自挑选和购买的，主要是为了配合书籍、文创产品的陈列，和书里文章的内容意境遥相呼应。“这盆兰花规定要一周浇透一次，而石斛兰是三天浇一次，绿萝每天还要给它擦洗叶子，这些苔藓植物不能直晒，只能放在阳光侧晒的地方。”对每一盆花的摆放，徐梅都花了很多心思，“一定要让它们呈现最美的角度，最美的样子。”有时候工作人员打理的时候稍微挪动了一下，徐梅都能一眼看出来，立刻要求恢复原状。

在花草的选择上，徐梅特意找了那些带有文人气息的植物，而且在搭配上也很讲究，这些都是她尝试了很多次才最终完成的。“这盆金边兰，要配一块灵璧石，旁边再来一丛菖蒲，菖蒲是古代经常入诗的一种文房清供植物；而观音像旁边只能放文竹，真的，我试过其他的都不好看，连兰

匠心独具的装饰

花都不行。”

说起这些匠心独具的小玩意儿，徐梅特别有心得，看得出她花了全部的心思打造书店的每一个细节，很多东西都是她自己在各地方淘来的“私货”，只要合适的全部奉献出来。斋宫的书店强调的是“禅意”，她特地托朋友买来一些干枯的莲蓬与荷叶，插在一个手工的竹篓里，底座是她自己喝茶用的干泡台，为了固定住莲蓬，竹篓里装上白砂，做成了一个禅意十足的装饰摆件。

景仁宫曾经是后宫妃子居住的地方，所以在景仁宫书店的装饰上，王亚民院长左思右想最后选定了用故宫馆藏古画，先是让孙刚辉老师从陈设《洛神赋》局部图试了试，最终换用雍正的《十二美人图》中的一幅，画中美人手握书卷凝神思考，充满古典的书卷气，不断调陈也为了和景仁宫的后宫氛围相吻合。

“我们用了很多方式让书店呈现给大家最美的一面，让这些书和文创产品有个更好的栖息地，打造故宫专属的独特气质。”徐梅说。以前无论是博物馆还是书店，主要的功能就是陈列，但是现在大家的审美都提高了，看展览逛书店都应该成为一种享受，所以，书店就不能停留在原来那些简单的功能上。“一般书店就是把图书摆放陈列，但是我们现在是想把生活气息陈设在这个空间里面，把这里浓郁的艺术气息散发给观众，让人家觉得同样买东西，在我们这个书店买是一种享受。”

到故宫书店去撸猫

故宫书店现如今不但是网红打卡圣地，还是撸猫圣地。故宫猫这几年非常有名，单院长还夸赞过这些猫对故宫做的贡献，有了它们故宫都不用投放鼠药了，他亲自为一只猫命名为“平安”。现在故宫登记在册的猫有将近200只，它们并不是流浪猫，而是有工作人员精心照顾。每只猫都有自己的地盘，故宫书店一开，这么美好的环境太有吸引力了，立刻就有猫主动上门求“包养”，它就是故宫大名鼎鼎的网红猫“鳌大人”。

说起“鳌大人”，在故宫无人不知，它曾经以一段抓鸟吃的视频爆红网络，身手敏捷相当彪悍，打遍东六宫无敌手。2017年11月，景仁宫·故宫书店开业不久，人们就发现“鳌大人”很快把书店当成了自己的新家。每天一早，工作人员来上班，就会看到“鳌大人”早早等在门口，看见故宫书店的工作人员就飞奔过来，喵喵叫着催促开门，进门之后它会找一个舒适的地方，有时候是太师椅，有时候是书架，甚至还有收银台，开始旁若无人地呼呼大睡，还真是没把自己当外人。

今年新开放的箭亭·故宫书店里的5只猫无疑是故宫里最幸福的猫，它们得到书店工作人员无微不至的照顾，干净、漂亮，毛色溜光水滑，连猫步都透着傲娇。

徐梅把“鳌大人”带到了箭亭·故宫书店，在这里它又有了4个新朋友，分别是小美女一样乖顺漂亮的“图图”，爱管闲事的“多多”，活泼可爱的“小乖”，胆小羞涩的“淘淘”。它们有的是从其他宫带过来的，有的是“故宫猫二代”，总之，来到书店之后开始了它们的幸福生活。为了照顾它们，徐梅每天都要提前一个多小时来上班，给它们喂食，陪它们玩耍。到了工作时间，猫儿们已经吃饱喝足，有的呼呼大睡，有的开心玩耍。

故宫书店的工作人员对猫非常友善，简直可以算是“宠溺”，书店员工刘培还不惜拿自己的红色羽绒背心给“鳌大人”垫着睡觉。工作之余，大家会给“鳌大人”定点喂食、洗澡，梳理那一身桀骜不驯的长毛，它夜里出去打架脸被抓伤，还要替它疗伤。

故宫猫成为故宫书店一道独特的风景线，增加了浓郁的生活气息和别样乐趣，甚至有的观众专为撸猫而来。故宫书店的日子，就是这样有声有色，有滋有味。徐梅说她很喜欢这样的工作和生活，她 2009 年进入故宫出版社工作，成为一名故宫人不过 10 年，已为红墙内强大的气场和氛围所熏染，逐渐生出一种“故宫情怀”。

在故宫工作很辛苦，2018 年春节由于观众骤增，徐梅甚至没有休息过一天，一直坚守在自己的岗位，但是在故宫，加班也是有别人不及的乐趣，比如可以看到火烧云把角楼染成通红的奇景，大家把这叫作“加班福利”。

“故宫博物院作为我国最大的古代文化艺术博物馆，在文物保护和利用、历史研究和传承中承担着重要责任，而故宫书店和故宫书苑从图书、文创、文化空间体验三种不同形式向社会大众传递直观的故宫文化。”徐梅和她的工作团队一直牢记着故宫书店的责任与使命，他们是故宫重要的对外展示形象、传播故宫文化、提升影响力的窗口。

所有这些，打造出故宫书店专有的独特气质，无法模仿与复制。徐梅说，在故宫就是一个不断学习的过程，活到老学到老，因为这里的历史文化太厚重了。

奇花异草——故宫里的“活文物”

如今，故宫的游客经常因为爆满而限流，记得有一次和故宫前任院长单霁翔聊起这事，他分析说，有一个很重要的原因就是原来大多是走马观花的游客，而如今大家逛故宫的目的变得越来越多样，有看展览的，有研究文物的，有专程撸猫的，还有赏花拍照的……

确实，故宫的春花秋叶夏雨冬雪，四季变化无处不美，故宫的植物品种繁多，这些奇花异草堪称活的“文物”，几百年里它们陪伴了寂寞的宫人，也见证了故宫的沧桑巨变。

太平花真的能带来太平吗

早听说故宫的御花园里有一种不太常见的花卉，名为“太平花”，与此花相关的故事典故颇多，于是每次游故宫便留心寻找，对照图片终于找到了那毫不起眼的几簇白色的小花。

原北平市政府秘书处编辑出版了《旧都文物略》，在讲到紫禁城御花园绛雪轩的时候，曾提到“轩前有太平花”。今天看来，花丛并不大，很容易被人忽略。然而，很多人可能不知道，太平花在清代乃至民国，可真是稀罕物。

宫里的太平花如何而来，说法不一。学者傅振伦先生在《七十年所见所闻》一书中说，“相传清乾隆时，有人以此花进贡（或云贡自四川），恰巧镇压大小金川得胜，高宗因赐名太平花，种在御花园里，并建绛雪轩于其东。每年春季开花，色白如雪，香味浓郁，清帝与群臣游园赋诗，歌颂升平。慈禧太后也极欣赏此花，保护备至。昔日每太平花开放时，故宫博物院往往举行游园会”。

这段文字认为太平花是乾隆朝之贡品，而且乾隆因花建绛雪轩，并赐名太平花，可见规格之高。

在《十朝诗乘》中也认为太平花来自四川——“御苑绛雪轩前，有太平花一树，每初夏着花。相传出西蜀青城山中，初名丰瑞，宋天圣中献汴都，赐名‘太平瑞圣花’，曾见范石湖题咏”。

这段史料把太平花宫廷种植史往前推到了宋朝以前，不仅是献于宫廷，还被宋仁宗赐名“太平瑞圣花”。

为何皇家对太平花如此青睐？据说和此花的习性有关，传说它“盛世则全树开花，否则不开，故又名太平花”。太平盛世成为此花的美好寓意，然而，有了太平花是不是就真的太平了呢？

且看杨芃棫的《清宫词》里的太平花诗：“一庭绛雪烂如霞，憩赏曾经驻翠华。三十年来尘叠劫，不堪还说太平花。”杨芃棫解释道：“绛雪轩在御花园内，为隆裕太后休憩之所。轩前植绛雪花一株，花似春海棠，色都丽而气芬馥，为海内外植物中绝无仅有之品，轩以是得名。庚子到今，历年三十，此行适非花时，闻今年又盛开一次，岂时势适得其反，疑惑闻之不足信耶？”

这段文字算是说得很明白了，太平花在封建时代之所以受到皇家格外重视，就是因为太平花被视为盛世之“物候”征兆。当然，准不准又是另外一回事了。

不仅仅封建帝王，就是黎民百姓也一样：爱的是太平花，盼的是太平年。

“海棠依旧”见证故宫人情怀

据《清史述闻》等多种史料记载，御花园内绛雪轩前曾经种植了很多海棠，春日，粉白色海棠花落英缤纷，“绛雪轩”由此得名，乾隆皇帝还留下过诗句。但清末慈禧却挖掉了海棠，换上了太平花，这可能与国运衰退，朝廷岌岌可危而祈求太平有关。

今天的故宫博物院内，有多处观赏海棠的地方，其中文华殿和永寿宫两处最是动人。

后宫西六宫之一——永寿宫内，有两株清代的海棠。每年盛开时，满树嫣红，吸引了大批的摄影爱好者。

海棠寓意富贵，据说亦可解忧，宋人袁燮有词云“对之顿解忧心结”。然而每次我走进永寿宫看到这些娇艳的海棠花，却总是不由得想到，永寿宫里曾经住过的偏偏是那些不得宠的妃子，明代有孝宗的母亲纪氏，一生为万贵妃所毁，最后惨死于此；清代又有废后静妃。遥想当年寂寞宫闱，若不是富贵海棠相伴，哪里还有一丝慰藉?

文华殿前的海棠则为清末时栽种。近代文学家夏孙桐在一首悼亡友人的七言绝句中，曾提到文华殿前的海棠：“ 世年陈迹渺东华，此树婆娑一叹嗟。待漏清宵曾话旧，刘郎去后始栽花。”

海棠花

据考，光绪十六年（1890 年），重开会典馆，位于东华门内三座门北。夏孙桐于光绪十八年（1892 年）中进士，光绪二十四年（1898 年）三月充任会典馆协修。此时，文华殿前尚无海棠种植。

光绪二十七年（1901 年）四月，为施行“新政”，设督办政务处，为总办新政特设机关。于晦若，即晚清重臣于式枚，曾助奕劻、李鸿章签订辛丑条约，1901 年充任政务处帮提调。癸卯年（1903 年），夏孙桐任会试同考官，曾于此“借榻花下”。据此分析，文华殿前海棠应栽于 1901—

1903年间，距今至少已有115年的历史。

今日文华殿海棠之盛，已成故宫春日一大景观。我曾经在文华殿前数过海棠树，地径在40厘米左右的古树20棵，其他几年来新栽的海棠当有数百棵之多，从协和门一直到东华门，仲春时节，这一带就是海棠花海。

其实，故宫的海棠文化还有更深刻的寓意。2012年，一群年轻的故宫人在故宫支持下首演了自编话剧《海棠依旧》。话剧以1933年到1949年故宫文物南迁、西迁、迁台为主线，叙述了一群故宫护宝人保护故宫文物的可歌可泣的故事。正如《海棠依旧》的创作者对媒体所说，海棠谢了还会再开，《海棠依旧》的主旨就是延续老故宫人的一种精神。

一树梨花一承乾，春日赏花秋吃果

承乾宫那一树梨花如今花已成网红，花开时节观众摩肩接踵。曾经有一年故宫官微贴出一张承乾宫梨花照片，配诗："砌下梨花一堆雪，明年谁此凭栏杆？一树梨花一承乾，此番美景属何人……"立刻引来转发点赞无数。

这树梨花真是惊艳，古树斜倚在石阶旁边，足根盘虬错节，树干已经歪曲，在石杆的支撑下顽强向上生长。花朵洁白无瑕，肆意绽放，枝叶舒展，向着承乾宫的屋脊伸展，似乎想要遥遥地触碰檐下的额匾。微风拂过，淡香若有若无。每一个来承乾宫的人，都要为这树白梨驻足。

承乾宫不像延禧宫那么出名，不曾在热门清宫剧中"露面"，游客或许并不知道，这里的故事绝对不比延禧宫少，因为曾居住着明清两代帝王的数位宠妃，崇祯的田贵妃、康熙的孝懿后、道光的孝全后……承乾宫不仅梨花出名，还藏着一段堪称几百年间宫中最凄美的爱情：清初，极受顺治帝宠爱的妃子董鄂妃就住在这里。

由此想到，老北京有句老话——松柏桑梨槐，不入府王宅。因为梨花春情薄，叶多于花，寓意“离”。一室梨，一世离，难道这树梨花预言了董鄂妃的悲剧？

很多人爱梨花的洁白娇美，却不知道故宫的梨树还能结果，结出的还是著名的京白梨，而这结果的梨树就在寿康宫。

承乾宫前的梨花

据考证，紫禁城里头种植京白梨，也是有缘由的。京白梨的诞生地就在北京门头沟东山村的青龙沟一低洼有水处，大约在清代中期，这里出现了一棵自然变异的梨树，因为品质优异，于是广为种植，并成为宫廷贡品。

后熟的京白梨芳香扑鼻，室内放上几个京白梨，往往香气盈室，沁人心脾。果肉细腻，食之汁水四溢，入口即化。

寿康宫的两棵京白梨树龄并不是特别老，最早也就是清末种植的，那时京白梨作为朝廷贡品，深得皇帝乃至后妃喜爱，也是顺理成章的事，于是从门头沟引种两棵梨树自然也非难事。

不过，由于自然条件的差异，还有授粉的问题，宫里的京白梨想来肯定不如进贡的好吃。估计是此地主人闲得没事，于是要求种两棵京白梨树在这里。在这儿住的都是太皇太后，岁数大了，牙口肯定也不行了，只能吃口儿软软乎乎的京白梨了。“老太太”春天看看花儿，秋天尝尝鲜儿，也不错。

乾隆竟是紫藤花的“粉丝”

故宫里面开紫花的花木不在少数，比如紫藤、紫丁香、紫薇、紫玉兰、紫牡丹、紫菊花，包括带有紫色斑点的楸树花，等等，可谓姹紫嫣红。在这所有的紫色花朵中，历代文人、艺术家最喜欢的就是紫藤，可能大家想不到，连乾隆也是紫藤的“粉丝”，因为紫色代表高贵，为皇室贵族常用，紫藤条蔓纤结绵延，果实累硕，有子嗣昌盛、江山永固之喻。

今日故宫至少有两处紫藤，一是东六宫的永和宫，一是御花园。仲春初夏，几经春雨东风，海棠簌簌，杏花零落。紫藤伸展开蛰伏了一冬的枝蔓，于檐角楼台间，盛放出朱紫的花蕾。春日的御花园，姹紫嫣红开遍。浮碧亭前的紫藤，垂下一簇簇繁花。风过，燕过，悠悠春光过。内廷东路的永和宫，独成一隅惬意天地。朝着天空盛放的紫藤，与檐角脊兽相视无言。

由于是藤本植物，紫藤的生长通常需要棚架，既供攀缘，也便遮阴。但紫禁城里的紫藤，却统统没有藤萝架，御花园以及永和宫的紫藤，一律采取紫藤与松柏成组种植的方式，让紫藤顺着松柏的枝干攀爬，也就是垂直绿化。从观赏角度说，藤花夼夼，紫瀑生烟，其景之美是藤萝架无可相比的。

为何说乾隆是紫藤的粉丝？那是因为他不但对紫藤花赏之不尽，还要把紫藤画在宫殿里。如果有机会走进故宫的倦勤斋，看到了此处的紫藤画，一定会无比赞叹古代艺术家的鬼斧神工。

倦勤斋是紫禁城宁寿宫花园最北端的建筑，“倦勤斋”的“倦勤”，用乾隆皇帝的解释就是“耄期倦于勤”，说白了就是岁数大了不想再干活了，倦勤斋就是乾隆的游乐之所。

紫藤花

画满藤萝的地方在倦勤斋西三间，抬头望去，屋顶上画满了密密匝匝、栩栩如生的攀缘在竹架上的紫藤，枝叶缝隙之间还可见蓝天，紫藤花硕大丰满，像一串串紫葡萄般向下低垂，最神奇的是，当你站在特定的一个紫藤花球下面的时候，奇迹出现了，所有的紫藤花都变成了立体的，从你头顶之上，由近及远，一朵朵花呈倾斜状，越远斜度越大。令人惊叹不已。

这幅倦勤斋通景画的绘者是郎世宁的学生王幼学，因采用了西洋透视技法，使画作极富层次。藤萝架上累累繁花，以色彩塑形，不见线条。

乾隆皇帝喜欢紫藤，所以乾隆朝的紫藤画也绝不止倦勤斋这一处，据紫禁城出版社出版的《倦勤斋研究与保护》一书引用的清内务府造办处档案记载，乾隆七年五月二十五日，“画样人卢鉴、姚文瀚奉命帮助郎世宁画咸福宫藤萝架”，同年六月二日，“建福宫敬胜斋西四间内，照半亩园糊绢，著郎世宁画藤萝”。可惜的是，这两处藤萝画由于清后期修缮以及民国火灾原因，今已无存。

算上倦勤斋，乾隆皇帝在宫里头足足规划了三处室内藤萝画，可见乾隆皇帝对紫藤是何等之喜爱。

会变颜色的奇树：文冠果

早就听故宫的朋友说，宫里有一棵“奇树”，非常少见，紫禁城里只此一棵，民间也很难寻到，它就是宁寿宫后衍琪门外的文冠果树。

仲春时间，在朋友的带领下，我终于看到了这棵正在开花的树，满树白色的小花，花心淡红色，素雅而独特。朋友介绍说，这个文冠果树特别好玩儿，首先，这个花可以变色，刚开的时候花是白色，过两天颜色加深，慢慢变成绿色、黄色、绯色，到它最盛放的时候花会变成一种紫红色，这是一种能变色的花，相当美丽。

虽然这棵文冠果树特别细，但是它真的是一棵古树。据记载，养性门外就有文冠果二株。今日故宫所见这株应是当年所记之一，另一株早就不在了。这棵树应该是几百年的老树，只不过因地质条件生长环境太差，所以它特别瘦小。

翻阅史料，可以发现文冠果自古以来就是吉祥树，备受文人士大夫的

文冠花

欢迎。文冠果古称“文官果”，又名“文官花”，辛弃疾还专门写过咏叹它的辞赋，在《寄题京口范南伯知县家文官花》词注中也说明了它的奇特习性，称“花先白，次绿，次绯，次紫，是也”。

宋朝慕容彦逢《贡院即事》记载：文冠花畔揖群英，紫案香焚晓雾横，十四年间五知举，粉牌时拂旧题名。宋朝那个时代，众多学子会聚文冠果树下，吟诗作序，谈论天下大事，悠然自乐。如今，除了故宫紫外，北京孔庙也有一棵文冠果树。

文人雅士喜欢文冠果，因为文冠果寓意“文官镇院”——文冠果有保佑官员官运长久的作用。还有一说称，文冠果谐音“文管国”，指文官管理国家，明代即是推行这一治国方略，不知道故宫这棵文冠果树是否隐含着君王此意。

故宫“猫主子”的大内秘闻录

故宫工作人员拍的一组《“宫宠”魔性广场舞》的照片上传到朋友圈之后，立刻遭遇刷屏，萌化了无数人的心。只见照片中这只猫咪双腿直立，身姿妖娆，疯狂起舞，这魔性的舞步真是越看越像广场舞，实在令人忍俊不禁。

这只“广场舞猫”只是故宫将近200只“宫宠”其中之一，故宫猫这几年红得一发不可收拾，甚至还有不少游客专门带着猫粮到故宫“吸猫”，网上也流传着故宫猫的分布图，可见它们受欢迎的程度。故宫猫可不是一般的猫，它们贵为“宫宠”受到万千宠爱，到底是什么来历，有些什么故事呢？笔者认真调查了一番，于是有了这篇故宫猫主子们的“大内秘闻录”。

“宫猫”地盘如今让给了流浪猫

据了解，数百年前故宫里就出现了猫咪的身影，故宫里最早的猫主子被称为“宫猫”。史料记载，从明朝以来就有妃子在故宫里养猫，太监刘若愚在《酌中志·内府衙门职掌》中记载：“猫儿房，近侍三四人，专饲御前有名分之猫，凡圣心所钟爱者，亦加陞管事职衔。”猫儿房是“宫猫”的管理机构。它的职责不仅是管理好大量的“宫猫”，还要在众多的“宫猫”中选拔佼佼者，献给皇帝。皇帝喜欢的自己留下，其他则赏赐于皇亲国戚。

宫中养猫的习俗一直延续至清朝，其证据便在故宫馆藏《十二美人图》中，这是清初宫廷画家画的一组工笔重彩仕女画，描绘12位身着汉服的宫苑女子品茶、观书、沉吟、赏蝶等清娱情景。其中一幅为《原捻珠观猫图》，图中美人于圆窗前端坐，轻倚桌案，一手娴雅地捻着念珠，观赏两只游玩淘气的猫咪，正是当年宫廷生活的写照。

历史变迁，当年皇帝妃子们宠爱的“宫猫”如今已经不知去向。故宫工作人员表示，目前故宫的流浪猫，一部分有可能是当年这些“宫猫”的后代，但绝大多数是自己跑进来的流浪猫，还有的是外面游客夹带进来的猫。

有了故宫工作人员的精心照料，故宫猫可比别的地方的流浪猫幸福多了。故宫30多个处有一大半都收养了猫，故宫人都很爱猫，在故宫消防中队、派出所、器物部等办公室，工作人员都在办公室里备有猫粮，甚至还有工作人员准备了维生素、消炎药等药物，有些部门还成立爱猫小基金，给猫买猫粮、看病，简直比以前的“猫儿房”还要精心。

据说，故宫登记在册的猫有181只，每一只收编的流浪猫都有它自己的档案，有自己的名字。它们可以随意穿梭在故宫的各大宫殿之间，饿了有吃的，渴了有喝的，倦了就随地一躺休息一会儿，脏了还有人给洗澡，很多猫都有自己固定的活动区域，待遇相当优厚。

宫里的猫都有名字，最霸气的叫“华华”，灵感来源于《甄嬛传》里的“华妃娘娘”，一只叫声“嗷嗷”的取名“小嗷”，另外有一只叫“壮壮”的来自故宫博物院资料信息部新媒体负责人于壮的名字。此外，故宫还有馒头、飞天毛毛，慵懒小崽儿、小胆、么么、太极、银巧……这些名字有的是一代代传下来的，有的还是网友给起的呢。最荣幸的一只猫是故宫博物院前院长单霁翔给取名的“平安”，“平安”身穿保安制服的形象还出现在故宫文创产品中，特别受大家的喜欢。

网红猫们的奇葩事

故宫猫中有不少“网红”，它们拥有大批粉丝，得到很多朋友的宠爱和关注。比如“世界杯”期间成功用饭盆预测了 6 场世界杯比赛的“白点儿”，在故宫微博发布后瞬间爆红。可不幸的是 6 月底，白点儿忽然病了，瘫痪不起。在一次演讲中，单院长还提到了它，他很沉痛地说：“白点儿大概用脑过度了……”后来经过医生诊断，白点儿原来是得了猫血栓。7 月 2 日，故宫博物院在“故宫宫猫白点儿”的微博中发布消息，“对不起，还是没能留住它……”宣布网红故宫猫白点儿去世，网友们伤痛不已。

而故宫另一位网红“金宝”有幸得到了画家为它画像。据说“金宝”的名字也是单院长给起的，当时有两只猫，一个起了“招财”，一个起了“进宝”，结果大家叫着叫着就成了“金宝”。金宝黄白相间，娇憨可爱，它的模样印在故宫限量版手提袋上，500 个很快被抢购一空，出了名的金宝据说现在过得可幸福了，一天一个猫罐头的待遇，谁让人家为故宫“代言”了呢。

最近热播的《延禧攻略》带火了故宫延禧宫，据说每天游人排长队参观。延禧宫附近一只黑白相间的大肥猫也成了网红，笔者曾多次看见它，它全身毛皮溜光水滑，总是肆无忌惮地睡在窗台上、长凳上，有人走近它，它眼皮都不抬一下，翻个身继续呼呼大睡，抱起它照相也特别配合，简直是最佳合影对象。

金宝

延禧宫外的猫

故宫开放管理处的工作人员金松和他的同事们养了一对明星模范夫妻猫，女猫叫妞妞，男猫叫棒棒，如今它们有了小宝宝，一家三口经常甜蜜地一起出现，很多游客都知道它们这一家。

金松告诉笔者，妞妞和棒棒的爱情故事也是相当曲折。“俩人天天黏在一起，棒棒很有绅士风度，吃饭总让着妞妞先吃，对妞妞照顾得也是无微不至，没事总帮妞妞舔舔身上的毛。对待别的猫，棒棒可是超级厉害，有几次其他地方的猫过来抢饭或者黏着妞妞，棒棒奋勇保护自己的领地和媳妇儿，身上常有打架留下的痕迹。”

明星猫夫妻

妞妞没有做节育前共产子两次，第一次产下七只宝宝，夭折了两只，剩下的五只宝宝在断奶之后被宫里各处分别收养。“记得生产当日天空下着大雨，棒棒一直在门口等待，不时往屋里张望，那一刻我们都被棒棒的行为感动了。棒棒从小猫出生开始就一直照顾小猫，每天舔舔这个闻闻那个，没事就在旁边趴着看，等小猫一天天长大会走路了更跟着它们，直到小猫被其他部门收养。”妞妞第二次产下五只宝宝，在还没生产之前各部门就预订一空，这也是妞妞棒棒在做节育之前最后一次生产，金松和同事们决定还是给妞妞棒棒留下一只。如今，他们一家幸福地生活在一起，而被各部门领走的妞妞的孩子们也成了各部门的守卫者，每天守护着故宫的各个院落，各个角落，续写猫卫士的传奇。

默默陪伴故宫专家们

在故宫的非开放办公区域，也有很多猫，它们生活在各自的院落中，很难被游客见到。在这些院落里工作的很多都是故宫的文物专家，这些猫数年如一日默默陪伴着他们。

本文开头提到的那只“广场舞”猫，据工作人员说是在故宫北门西边的城隍庙一带拍到的，“好像在杜老师的院子里”。这一片属于非开放区域，笔者曾经因采访有幸进去过，那是故宫科研处办公的地方，而工作人员口中的杜老师正是在故宫工作了50年的青铜大师杜迺松先生。老人在这个院子里深居简出，50年如一日埋首青铜文物古籍之中，有这只宫宠陪伴也应不寂寞了。

笔者在曾经的故宫文保处，就是《我在故宫修文物》纪录片拍摄的修复古画的专家们工作的那个院子，也看到过好几只猫咪。那个院子很大，种着核桃树、柿子树、海棠树，果实累累，还有丝瓜、葫芦，特别富有情趣。纪录片中出现过的故宫第三代摹印人沈伟老师每天上班，浇完了花，就是喂猫，他给最喜欢的这两只猫起名“花子”和“灰子”，它们夏天趴在红色的窗棂边，冬天趴在暖气上，憨态可掬。

沈伟喜欢小动物，甚至被朋友称为“猫痴”。据朋友说，他们几个老哥们聚餐，“上来必先聊阵猫，要不然老沈的酒都喝不下去”。沈伟说看到它们就觉得心情特别愉快，而摹印这个异常精细的活儿需要心情愉快放松才能更顺利地完成，所以这些猫可以说功不可没。如今，文保处的很多专家们都搬到了新建的故宫“文物医院”，不知道这些猫跟过去没有。

在故宫“金石组”专家们工作的院子里，笔者也看到好几只猫慵懒地在院子里遛弯儿，在窗台上打瞌睡，台阶上放着猫食盆，还有一排整齐的猫窝，是专家们为它们准备的温暖的家。在故宫，有很多像沈伟一样爱猫宠猫的专家。

花子

专家们还笑着表示，故宫猫生活在帝王城堡里，深受历史熏陶，很有艺术细胞，它们的业余生活很丰富，有自己的特殊爱好。负责修补文物的专家张贤清说，每次他在修补文物时，一只叫作“萝萝”的小猫就会安安静静地在旁边看着，甚至张贤清离开了，它还在那里一动不动地欣赏那些艺术品和文物，其他的什么东西都吸引不了它的注意力，真是一只热爱艺术的猫。

本领高强的“大内卫士”

大家知道“喵星人”都相当傲娇，故宫里的猫也不例外，这些猫咪仿佛知道自己代表着千年皇族贵权的尊严，即使在清朝，它们也可以在大殿之上悠闲散步，现在的它们依然对着过往游客撒娇卖萌，毫不卑躬屈膝。当然，它们的傲娇是有理由的，因为人家并不是吃白食的，它们有自己的本职工作，就是逮老鼠，现在的宠物猫会逮老鼠的真不多了，优越的环境使很多家养猫咪都失去了本性能力，而偌大的故宫，老鼠泛滥，之所以来玩的游客没有见到一只老鼠，为故宫掌门人省下了耗子药钱，全是它们的功劳。

连故宫前院长单霁翔都这样夸赞它们：“为什么它们能得到人们的尊重，因为它们有高尚的品格。每天下午五点半，故宫的人们下班后，白天懒洋洋的故宫猫精神了，它们开始站岗、巡逻、放哨，保证紫禁城没有一只老鼠。我下班，它上班。所以故宫人爱猫，与猫共生。故宫里的猫有专门人喂养，它们是有尊严地活着的。”单霁翔院长亲自命名的“平安”因为抓老鼠有功，还获得了第一届“优秀员工”称号。

要说故宫猫还真是本领高强，别说抓老鼠，连抓鸟都不在话下。故宫有只爱抓鸟的网红猫名叫“鳌拜”，平时经常出现在景仁宫门口的长椅下面，它一身桀骜不驯的长毛，还真像电影里经常出现的满脸大胡子的清朝第一勇士鳌拜。经常喂养它的故宫工作人员王悦告诉笔者，“鳌拜”抓到鸟之后，有时候还会故意叼到游客面前津津有味地吃，有点炫技的意思。不过这只“鳌拜”抓得了鸟也卖得了萌，平时很是听话懂事，而且工作人员都喊它“胖子”，听到叫它会乖乖过来打个滚，听到叫它“鳌拜”却不理睬，似乎不太喜欢这个名字。

故宫猫如今已经成了故宫一道独特的风景，它们各具特色，各带萌点，或高冷或呆萌，带给游人无限的乐趣。这些猫的存在让人仿佛与这座古老宏伟的宫城有了亲切真实的关联，也让每一次故宫之旅变得越来越柔软而

宫猫图图

有温度。如今的故宫在年轻人眼中早已不是当年那个威严肃穆的紫禁城，它正在变得越来越亲民、年轻又有趣。

故宫猫早已经成为了故宫的一个新符号，正如单院长说，要把一个壮美的紫禁城完整地交给下一个600年，对于这片早有“猫史”的宫殿来说，故宫猫也是故宫的一笔财富，一群功臣，以及不可分割的一部分。

故宫番外

皇家匠人的百年传奇

琉璃，作为一种奢华而美丽的古代建筑材料，多年来一直被皇家独享，如今俯瞰故宫这片世界上最大最壮观的皇家建筑群，那一眼望不尽的金碧辉煌的琉璃瓦顶，非常令人震撼。

皇城建筑屋顶的琉璃瓦，显示着它的尊贵与威严

故宫的琉璃来自哪里？是什么匠人制作？又运用了怎样卓绝的工艺呢？一次偶然的机会，我在探访京西古村的时候找到了答案，门头沟琉璃渠村，便是皇家琉璃的源头，历经数百年，炉火不熄，一代代匠人留下了一部关于琉璃的传奇。

皇家琉璃，古村定制

京西古村以门头沟最多，而琉璃渠村绝对是最特殊的一个，不仅因为它被评为国家级的传统古村落，更因为这个永定河边的小山村到处彰显出一种“皇家气派”。走进村里，目之所及的是富丽堂皇的琉璃瓦顶，精美的琉璃构件随意散落在各处，等走到村中那道美轮美奂的百米琉璃墙前，那就真要忍不住惊叹了。

看到外来游人惊讶的表情，村里人会不在意地说，这算什么呢，故宫三大殿、北海九龙壁、颐和园、万寿山、天安门……北京城里所有的皇家建筑，那琉璃全是在我们村做出来的。

千百年来，琉璃渠古村窑火不熄。山上的黑色页岩被开采、揉碎、烧制、定型、上釉，几十道复杂的工序之后，才成为一块溢彩流光的琉璃，装点了几个朝代的雄伟宫殿；制作琉璃的秘方在一代代匠人中口传心授，传承至今，他们在窑前度过漫长的岁月，无论世事变迁，从先辈传下来的匠心从未改变。

说起中国的建筑特色，不能不提琉璃，建筑大师梁思成曾写道：“琉璃瓦之施用，遂成为中国建筑的特征之一。”林徽因更是充满感情地赞叹：“本来轮廓已极优美的屋宇，再加上琉璃色彩的宏丽，那建筑的冠冕便几无瑕疵可指。”

琉璃用于建筑的屋顶，据梁思成先生考证，最早始于北魏，《魏书·西域志》提到五色琉璃，“光色映彻，观者见之，莫不惊骇，以为神明所为”。到金国在北京建都，已经开始大规模使用琉璃，史书记载金中都“宫殿皆饰以黄金五彩，一殿之成，以亿万计”。

忽必烈建造的元大都比金中都更为壮丽，装饰宫殿的琉璃顶让马可·波罗惊叹不已，那本著名的游记写道：“顶上之瓦皆红黄绿蓝及其他颜色，上涂以釉，光辉灿烂，白色犹如水晶，蓝绿则如各种宝石，致使远处也可见此宫之光辉。”元大都皇宫的修建成为北京皇家建筑超大规模使用琉璃构建的一个高峰。

即使散乱地放着，也不失琉璃的美

这些琉璃从哪儿来的呢？最方便的当然是就近烧制，根据元史记载，1263年，元朝在琉璃渠正式设立了官办的窑厂，为修建大都供应琉璃构件，并专门派官员管理。

为什么皇家会把窑厂设在门头沟的琉璃渠呢？对村史颇有研究的村民肖永旺先生告诉我，那是因为这个地方的条件得天独厚，“我们这儿有一种黑色页岩，粉碎之后称为坩子土，土中含铝，带油性，烧制之后变成白色，这就是诗人所说的‘月斧修成玉色泥’，是制作琉璃最好的原材料；而且门头沟地区有优质的煤炭资源可供烧窑，这里距京城不过 60 里，方便运输，也便于朝廷管理，于是，700 多年来，这里就成了元、明、清三朝的琉璃官窑”。

但是，最近的考古发现证明，琉璃渠村烧制琉璃的历史不止 700 年。在琉璃渠村北约 3 公里的地方，考古发掘出大量辽金时代的残片，其中就有琉璃制品。琉璃渠村建村历史在千年以上，所以专家推测，琉璃渠村的窑厂有可能在辽金时代就已经出现，为金中都的宫殿烧制过琉璃构件，因为琉璃的原料坩子土全北京只有琉璃渠村一带有。传说中的古村窑火千年不熄，应是有据可查。

忽必烈为了建造元大都，集合了全国的各种能工巧匠聚集到京城，琉璃渠村最出名的匠人是从山西迁来的赵氏家族，其家族代代相传，被称为“琉璃窑赵”，享有盛名。清乾隆时期，因为城市发展，城里唯一的窑厂琉璃厂撤销，迁到城外的琉璃渠村合并，于是琉璃渠村进入了最鼎盛的时期，皇家大规模的修建所用琉璃，全部来自琉璃渠窑厂。

显赫一时的“琉璃窑赵”

清朝百年间，“琉璃窑赵”世代和皇家建筑总设计师“样式雷”合作，“样式雷”先后六代都主持皇家大型工程的设计，如故宫三大殿、圆明园、万寿山、玉泉山、承德避暑山庄等，这些工程的琉璃制品都是“琉璃窑赵”在烧制前，先由“样式雷”设计，绘制图纸制作模型，然后“琉璃窑赵”烧成坯子，镌刻花纹，两家分工合作。史料记载，当时为皇家烧制琉璃构建，不论大小品种，统一计价，每件纹银一两，可谓利润丰厚。传说中的仙人可以点石成金，在琉璃渠村，真的可以“撮土成银”。

但是，为皇家办事，规矩非常多，所有构件器物如有一丝一毫的差池便会引来杀身之祸，所以琉璃渠村的工匠们小心翼翼精工细作，代代传承，手艺炉火纯青。由于承造皇家“大工”构件有功，“琉璃窑赵”第16代孙赵春宜还曾受封五品蓝顶子，成为显赫一时的皇商。

漫步在琉璃渠村，走过全国独一份的琉璃瓦顶的过街楼，便能看到一所保存完好的清代大宅，这是清朝廷工部设在村里的琉璃局办公场所，当地人称作“厂商宅院”，“琉璃窑赵”家族在此主管琉璃生产200余年，宅院最出名的主人便是五品皇商赵春宜。

琉璃工匠家族出了五品官，这简直是一件不可思议的事情，赵春宜

之前的琉璃制作

显赫到什么程度呢？琉璃渠村当年归宛平县管，宛平县管辖皇城，号称天下第一县，知县不过是个六品官，所以宛平县的官吏根本管不了琉璃渠村。赵氏家族为何如此受到皇家器重？只因为他们手中掌握着琉璃制作的秘方。

在村里的老人口中，还流传着赵春宜的逸事：据说，他非常聪明，常为村里做善事，琉璃制作的传承和保密制度便是他制定的；还有一个德国人曾认他为干爹。琉璃制作程序繁多极其复杂，工种就分为"上三作下五作"，保密制度规定"传男不传女"，各作之间也不许串作和偷艺，采用工序分工法，一个人只许掌握一道工序，每个人只需把自己的活儿做好。

如今走进"厂商宅院"，还可以想象当年这里的繁忙兴盛，两进的四合院占地500多平方米，一共22间房，青石台基，砖雕精美，院内方砖墁地，墙体磨砖对缝，用地炕火墙取暖，建造得极为讲究。"村里老人把这个院子叫作'花园子'，因为赵春宜一生喜好养花，宅院内外种满花树，院外还开出了40亩荷塘，他给东侧廊子取名'东临听雨'，西侧廊子取名'西阁听雪'，非常风雅。"肖永旺告诉我。

民国时期，琉璃渠村窑厂日渐衰落，厂商宅院也随之萧条了。

修天安门的特制葵花瓦当

走过琉璃渠村的标志性建筑"百米琉璃文化墙"，可以看见一座大门紧锁的工厂，门上大字写着"北京琉璃制品厂"，它的前身便是琉璃渠窑厂，中华人民共和国成立后，公私合营收归国有，几十年来，它曾经是北京唯一的一座国营琉璃厂，大型古建的维修，仿古建筑的琉璃材料，都是出自这座工厂。

北京市琉璃制品厂

由于各种原因，工厂如今已经停产，但是村里人对这座工厂的感情却难以割舍，因为这里的工匠都出自本村，出了不少名师，甚至还有教授，它是琉璃渠村的一大骄傲。

几百年来，琉璃渠村的大多数村民都以制作琉璃为生，赵氏家族自不必说，此外还有武氏、郭氏、周氏家族等，祖辈延续至今。村民郭立生是家族琉璃技艺的第三代传人，说起祖辈前人，语气中满是自豪。“我祖父郭万隆是稳坐（负责设计、制模）技艺的代表，1959 年，参加了为迎接国庆十周年的我国十大建筑的修建和设计，担任了中央工艺美院陶瓷系教授，后来由于工作需要，调入故宫博物院琉璃瓦厂，培养出了大批琉璃工艺匠人。”

郭立生口中所说的“故宫博物院琉璃瓦厂”便是琉璃渠村的这个国有

琉璃制品厂，那是它最红火的一段时光。1959 年，兴建人民大会堂等“十大工程”需要各种琉璃瓦 49 万件，限期 10 个月，这个原本只有 60 多人的工厂一度增加到 500 多名工人，掀起中华人民共和国成立以来琉璃生产的第一次高潮。1962 年，工厂划归故宫博物院，故名“故宫琉璃瓦厂”，故宫博物院副院长、著名古建专家单士元先生任厂长。

“我父亲郭占华作为‘上三作’的琉璃技艺传人，在北京市琉璃制品厂工作了一辈子，直到退休。他参加了天安门、人民大会堂、毛主席纪念堂、北京火车站等著名建筑的设计和修缮。”郭立生说。

1969 年天安门大修，需要的琉璃构件全是这个工厂烧制的。肖永旺的父亲当时也是工厂职工，他告诉笔者当年的一件逸事。“天安门城楼原来的琉璃构件很多已经破损，损坏的搬到村里，按照原来的尺寸样式烧制新的换上，原来的滴水瓦当上的图案是龙形，可是厂里的工匠觉得新社会不应该沿袭帝王专用的龙形，出于对毛主席的爱戴，便改成了葵花，取‘葵花向阳’之意。后来得到了周总理的批准，所以现在天安门的琉璃滴水瓦当都是葵花图案。”

琉璃构件

如今，村里还保留着一块当年天安门大修时烧制的葵花瓦当，成为那个年代的特殊纪念。

“文化大革命”中，琉璃瓦因为被看成为“封、资、修服务的产品”，工厂冷清，无人问津，直到 1979 年，北京开始大规模古建修复，同时琉璃工艺品也成了出口产品，琉璃渠村才又热闹起来。

“1980 年，工厂为日本仿制了一套九龙壁，由 7912 件组成，重 75 吨，无论是烧制技术还是釉料色彩都可以和北海九龙壁相媲美，在日本广岛安装之后，受到高度评价。”除了琉璃瓦和构件，如今琉璃渠村还可以制作出琉璃桌、绣墩、地灯、鱼缸、花盆，等等，成为国际市场非常受欢迎的工艺品。

古村命运，一部琉璃传奇

虽然如今的琉璃渠村曾经风光无限的国营琉璃工厂已经成为往日的记忆，但是琉璃制作却并没有停止，千年的窑火并未熄灭。村里现在还有两家民办的琉璃窑场，仍然在延续着古老的工艺，为北京很多古建的修复提供琉璃制品。

走进村里一家炉火正旺的窑厂，看到的是一排红砖窑，样子和 20 世纪 30 年代德国女摄影师赫达·莫里逊在琉璃渠村拍摄的砖窑没有什么差别。车间里，两位工匠熟练地把黑色坩子土制成的筒瓦坯子细细抹平，这样烧制之后才能均匀地挂上釉色，这个工序叫作“抹活儿”，一个人一天只能加工几百块筒瓦。

加工好的筒瓦和构件静静躺在烘干车间里，经过 3 天到 7 天才能入窑。在窑前忙碌的一位师傅告诉我，烧窑温度在 1000℃到 1100℃之间，升温时要慢慢达到最高值，否则坯子会出现裂纹，只有慢慢烘窑，才能充分排出窑中活件中残留的水分，使之不裂。添煤只有经验丰富的工匠才能掌握好分寸，把握好火候，既不会烧过也不会欠火。

上釉的琉璃瓦

工匠精神

烧好的坯子变成了白色，这时候就可以挂釉了，只见一个红色的大盆里盛着红色的釉料，师傅用一个大勺子在瓦上一浇，就出现了一个红色的弧形，看上去似乎不难，难的是每一片瓦都浇得一模一样。据说，挂釉这一项以前就要学三年才能出徒。

最后一道工序是入窑彩烧，这里面的学问就更大了，师傅告诉我，由于釉色的不同，彩烧的温度也有所变化，如绿釉需要880℃左右，黄釉要980℃左右，而孔雀蓝釉则要1000℃左右，烧彩窑的温度掌握尤其重要，这最后的十几个小时是制作琉璃的关键，稍有不慎一窑的活就会前功尽弃，之前几十天的辛苦都白费了。

烧瓦窑

在过去，彩烧技术只有极少数的烧窑技师能够掌握，也是这行里言传身教的秘密，叫作“火里求材”，他们可以根据火的颜色来判断温度，窑门上留一个观察孔，随时调整炉火的温度，才能烧出漂亮的釉色。

村里的琉璃老匠人赵恒泉讲：“做琉璃有十字诀：抠、铲、捏、画、烧、装、挂、配、看、返。要想掌握绘画、雕塑、用色、火候等几十道工序，需要很多年的努力才能达到。”村里一代代琉璃匠人都是从十七八岁就开始跟着长辈干活，有的终其一生，也只能掌握其中的一两道工序。

一窑炉火已经渐渐冷却，经过整整45天的制作，工匠们从窑里搬出来的便是琉璃瓦的成品，原本红色的釉料经过高温加工，变成了灿烂的黄色釉彩，一片片溢彩流光，据说琉璃釉彩的颜色千年不变。厂长告诉我，这些琉璃瓦有的用于中山公园的古建修复，有的用于故宫古建的修复。“只要北京还有地方需要琉璃，我们的窑就会一直烧下去，工匠们的手艺也会继续传承。”

古都千年琉璃的兴衰往事，书写着古村的命运起伏，一代代工匠的人生编纂出一部琉璃的史书，而琉璃渠村的故事，还在继续……

500 年来从未开放的“三座门”

一提“三座门”很多北京人都知道，它在故宫筒子河北岸，景山西侧，北海东侧，每次路过的时候我都忍不住在这座恢宏精美的建筑前驻足片刻，它的正门为卷洞式琉璃门，基座为青白石须弥座，中门左右护有汉白玉石栏杆，雕花的精美石阶，朱红色的大门紧闭。这就是京城有名的大高玄殿，老北京俗称“三座门”。

大高玄殿从建成至今快 500 年了，然而 500 年来这扇紧闭的大门从未对外开放过。明清时期，“三座门”就是规格极高的皇家道观，寻常百姓无缘进入。新中国成立后，它又被“有关部门”借用，一借就是 60 年。这座大门后面，到底发生过什么事？相信很多人像我一样好奇。笔者实地考察（墙外）多次，四处搜集资料，终于可以聊聊神秘“三座门”的前世今生。

红墙后藏着神秘

奇葩“道士皇帝”巨资修道观

大高玄殿位于紫禁城外西北侧、隔筒子河与皇宫相望处，是一片红墙碧瓦的宫殿建筑。如今，只能从红色的宫墙外看到里面建筑的一鳞半爪，最引人注目的是乾元阁的圆顶，貌似缩小版的天坛，令人印象深刻，可惜，再多便看不见了。

说起大高玄殿的历史，就不能不提明代的嘉靖皇帝。大家都知道，明朝皇帝多奇葩，这位就是其中一个。他 15 岁登基，在位 45 年，是明朝实际在位时间最长的君主。但嘉靖痴迷道教，有一半时间不在皇宫，而是一头扎进云雾缭绕的神仙世界，又被后人称为“道士皇帝”。他还为自己起了几个让人很难记住的道号，如“灵霄上清统雷元阳妙一飞元真君”“九天弘教普济生灵掌阴阳功过大道思仁紫极仙翁一阳真人元虚圆应开化伏魔忠孝帝君”“太上大罗天仙紫极长生圣智灵统元证应玉虚总掌五雷大真人元都境万寿帝君”。这脑回路也真是清奇，令人啼笑皆非。

嘉靖在京城兴建了很多道观，频繁举行祷祀活动，花费了大量钱财，以至于当时有句民谣广为流传——“嘉靖嘉靖，家家皆净”。其中，大高玄殿就是嘉靖帝最为宏大的手笔。建造大高玄殿所用木材均来自四川、贵州、湖南、广西等地，建成后占地面积约 1.5 万平方米。

大高玄殿是嘉靖皇帝“修玄”的重要场所，供奉着道教“三清”，分别是玉清元始天尊、上清灵宝天尊、太清道德天尊。明嘉靖二十一年（1542 年）四月初十，因大高玄殿工成，笃信道教的嘉靖皇帝下令，十日内停刑止屠、百官着吉服办事、大臣各斋戒，分别遣官至宫、观、庙行礼，并特遣英国公张溶至南京朝天宫等祠庙致祭，可见大高玄殿在皇帝心中的至尊地位。嘉靖帝“每祷必至”，甚至不分日夜在此斋醮，足见“三座门”之风光。

皇上亲自上阵参加宫斗烧死皇后

大高玄殿是明清两代沿用了 370 年的皇家道观。作为紫禁城宫殿建筑的重要补充，这里与皇宫有着密不可分的关系。大高玄殿作为明代皇家修道的重要场所，除了精美的皇家建筑外，还发生过一些宫廷往事，很有意思。

嘉靖二十六年（1547 年）十一月初一，嘉靖皇帝偕宫眷至大高玄殿“斋醮”，就是做焚香、念咒、化符的“道场”。一连做了五日，正是人困马乏之时，或因道士焚香不慎，霎时火起宫墙，道场上正处于眩迷中的嘉靖皇帝被人拖离火场。

这时，明宫史上悲剧性的一幕上演了：大火燃烧之际，有太监急禀皇帝，方皇后尚在殿内，请人速救。可是这个性格乖戾的嘉靖皇帝，竟然不予施救，“中官请救后，上不应，方后遂崩”，皇后居然就这样被烧死了。

处处都是艺术

可怜这位出身明故都南京的年轻皇后，就这样在丈夫的漠视下葬送了性命。要说皇帝见死不救，并不是没有根由，就在大高玄殿刚刚建成的半年后，十几位宫女在乾清宫差点将嘉靖皇帝勒死，多亏方皇后及时赶到，才解救了皇帝，处置平息了一场骇人听闻的弑君之乱，这就是历史上著名的“壬寅宫变”。方皇后虽然救驾有功，但在事后处理宫人时，将皇帝喜爱的端妃曹氏也列为同谋，在宫中处决。清醒之后的嘉靖帝对此颇为怀疑，埋下了怨恨皇后的恶因，终于在五年之后，导致了皇后被焚死大高玄殿的悲剧结果。

大高玄殿还发生过一个相当诡异的故事，明代文秉的《先拨志始》中对此做了记载。万历皇帝的宠妃郑氏，为谋立己子朱常洵为太子，乞万历帝于大高玄殿焚香立誓，并御书立常洵为太子的誓词封藏在玉匣中，郑贵妃保存。待万历二十九年（1601 年）十月，万历帝正式册立皇长子为太子后，命人至郑贵妃处寻玉匣，发现匣上封缄完好，启开看视，“内所书已蚀尽，只存四腔素纸而已”，万历皇帝对此“悚然异之”，以后再未去过大高玄殿，估计留下心理阴影了。此事亦可作为皇室“国本之争”的一则插曲。

大高玄殿一借 60 年

到了清代康熙年间，为了避开皇帝玄烨的名讳，这里更名为“大高元殿”，故宫的北门原名“玄武门”，也为了避讳改为今天的名称，即“神武门”。

清代统治者对道教推崇不及前朝，但大高玄殿这座皇家道观，仍是“祭天”“祭祖”的场所。虽风光不及以往，但大高玄殿还是保持着相当崇高的地位。直到八国联军侵华，慈禧和光绪外逃，大高玄殿一度成为法国军队的驻扎场所，被占用 10 多个月，殿内被破坏得满目疮痍，后虽进行维修，却已不复初时辉煌。此后，大高玄殿又被日本军队占用，被国民党接管，直到新中国成立后，才重归故宫。

大高玄殿的产权一直归故宫所有，1950 年被借用。这一借用就是 60 年。

艰难的腾退维修之路

在大高玄殿被借用的 60 年里，大殿“变身”办公室，周围空地也逐渐被新建房占据，出现了众多违章建筑；由于缺少经费，使用人员缺乏古建知识以及保护意识，出现了破坏性使用的状况。

2010 年，北京市政协委员在随同故宫博物院工作人员调查归还后的大高玄殿时发现，大殿在借用单位撤离前被当作仓库使用。早期还用作礼堂，内部搭建了一个舞台和电影放映墙。大殿四周刷着年代久远的标语，天花板上还装有电扇。台基是大高玄殿损毁比较严重的部分，其正殿、后殿和乾元阁台基的部分围栏已被人为锯断，汉白玉栏杆有的被车撞坏。乾元阁内的许多木头已经腐朽，其西侧的空地上，是个自建的羽毛球场地，台基边缘上的石制龙首排水口都已折断，这些排水口的损毁应当是为了方便打羽毛球。

多年来，全国人大、全国政协的许多领导和专家多次提案要求尽快解决这一问题，呼吁借用单位退出大高玄殿，另选地址新建办公区，将大高玄殿腾退修缮后对社会开放。1998 年和 2000 年，全国政协委员刘炳森等分别向全国政协九届一次会议和九届三次会议呼吁并呈交提案，敦请归还大高玄殿。2000 年，郑孝燮、罗哲文等古建专家发出了《关于收回大高玄殿作为文化设施的倡议书》。2004 年和 2007 年，宿白和张忠培等德高望重的专家和学者先后就大高玄殿问题联名给国家领导人写信，希望早日解决大高玄殿问题。后来，季羡林先生也加入了呼吁大高玄殿腾退的行列。然而，大高玄殿问题的产生有其特定的历史原因，解决的难度较大，一度成为老大难问题。

直到 2010 年 6 月，在国务院的协调下，借用单位和故宫博物院签订《大高玄殿移交协议书》，双方议定，故宫博物院首先接收大高玄殿区域古建筑，年底前全部移交。

2010 年，大高玄殿终于回归故宫管理，尘封 60 余年的皇家道观修缮工程陆续开始。这是自中华人民共和国成立以来大高玄殿经历的首次整体大修。位于院落最后一重楼阁“乾元阁”最先开始抢修工程，这座象征着古时天圆地方的独特建筑已经完成初期修缮，随后专业人员对院内的 20 余座现代建筑进行了拆除。

据北京市文物局 2017 年 1 月 24 日发布的《大高玄殿文物保护规划》，大高玄殿有望在 2020 年开始接纳游客。这意味着近 500 年来从未对普通人开放过的“三座门”，即将揭开神秘面纱……

“四爷”原来住在雍和宫

一次难得的机会，笔者跟着深谙宗教文化的京城资深导游张老师游了一回雍和宫，发现以前来的那些次都是白来，原来雍和宫还有这么些讲究，光这 19000 多件文物就够说上 100 个小时。当然最后只说了 3 个小时，但已获益匪浅，在这里和大家分享一下收获，聊一聊京城秘境雍和宫还有多少你不知道的事儿。

在中国，寺庙很少有叫作“宫”的，雍和宫这名字背后就是一串儿故事。原来，它最早并不是寺庙，真是“宫”，皇上的行宫，再之前，是一座王府，它的主人是谁？其实这位大家都熟，就是史上被改编影视剧最多的皇上——“四爷”雍正大帝。

在北京只要看到院墙是大块儿的城砖砌的，就一定是王府，城砖具有象征意义，代表他的封国。亲王没有封地，生活靠国家供养，每年一万两银子，加一万斛米，大约一百八十万斤。爱新觉罗·胤祯是康熙皇帝的第四个儿子，也就是四爷，他封贝勒的时候得了这个府邸，后来晋升为亲王，这个地方就叫雍亲王府。再后来雍亲王即位，就是雍正皇帝，这个府邸就改成了行宫，叫作雍和宫，雍正皇帝很怀念这个他长大的地方，所以经常回来逛逛。

1735 年，雍正皇帝去世以后，乾隆皇帝说，这里先皇住了近 30 年，是先皇灵魂凭依的地方，就在这里为先皇停灵。为此，内务府仅仅用了半个月就把雍和宫主要殿堂上亲王用的绿色琉璃瓦，换成了皇帝用的黄色琉璃瓦，还对雍和宫进行了一些改建，雍正皇帝遗体在他原来的寝宫停了差不多一年，才移西陵安葬。

乾隆即位以后，雍和宫供奉了雍正皇帝的遗像，这里就成了供先人的家庙，同时乾隆还请来很多喇嘛念经。1744 年，乾隆就决定把雍和宫改成佛教寺庙。

雍和宫门前有两块石碑，是乾隆皇帝亲笔题写的，第一是缅怀先皇，说先皇对后代，对国家的恩德。第二是为什么要把雍和宫改成寺庙，乾隆说，先皇去世十年了，这里一直是怀念先皇的场所，我们这些后人住在这儿怕亵渎了先皇的灵魂，如果不住人，又怕日久荒芜了，先皇的功德不能流传。所以把这里改成佛教寺庙，先皇的灵魂有高僧大德诵经陪伴，是最好的选择了。

乾隆九年（1744 年），雍和宫正式改为藏传佛教寺庙，清朝皇帝认为“一座喇嘛庙，胜过十万兵”。从此，雍和宫开始了它既为皇家第一寺庙又为连接中国历届中央政府与蒙古、西藏地方纽带、桥梁作用的辉煌历史。

四文牌匾有学问

雍和门的牌匾是乾隆皇帝亲笔题写的。牌匾用了满汉藏蒙四种文字。雍和宫里很多牌匾、碑文都用的这四种文字，为什么呢？因为清朝皇帝是满族人，当然要用满文；中国绝大多数是汉人，所以要用汉文；因为这里是藏传佛教寺庙，这里的老师都是藏族人，喇嘛上课、念经都用藏文，所以要用藏文；因为这里是蒙古系的寺庙，这里的喇嘛绝大多数都是蒙古族人，所以用蒙文。

在这一块小小的牌匾上，我们看到了中国各民族文化的交融。据雍和宫的四文“喇嘛碑”记载，当年乾隆为了治理西藏，不顾别人不理解，努力学习藏语，乾隆可以用藏语和藏人交谈。

大铜锅是干啥用的

大家猜猜这是个啥，好些人都说是存水灭火用的，张老师说大家肯定是故宫去多了，故宫的大铜缸是那个用途，雍和宫的这个却是一口大铜锅。这口重8吨、直径达两米、深度达一米五的大铜锅，从公元1725年起，每

熬八宝粥的大锅

逢腊八，就以敬佛为名，用这口大锅熬煮腊八粥，并请喇嘛诵经，然后供佛并将粥分别赏赐各王公大臣食用。

此后，腊八熬粥几乎形成了一种大典的仪式，十分隆重。每年一进腊月，清廷的内务府就要准备好各种熬粥的原料，其中仅杂粮一项，就有小米、黄米、江米、高粱米、薏米、菱角米、莲米等；干果一项中，就有红枣、栗子、核桃仁、杏仁、花生仁、瓜子仁、榛子仁、桂圆、葡萄干、青红丝及果脯等。

据史料记载，雍和宫当时熬粥，每锅粥要下小米十二石，杂粮、干果各百斤，其他原料配比也有定数，而且要根据火候需要按顺序下锅，十分讲究。所以，熬出的腊八粥不仅非常好吃，而且色泽鲜美。

据说，雍和宫的腊八粥在熬制时，还有一套礼法。据《雍和宫志》记载，腊八盛典共分煞粥、供粥、献粥、舍粥四大幕。从腊月初一开始，总管内务府就派司员把上等的奶油、小米、江米、羊肉丁和五谷杂粮，以及红枣、桂圆、核桃仁、葡萄干、瓜子仁、青红丝等干果一车车运来，到初五方始运齐。

腊月初七清晨开始生火，到初八凌晨粥才能全部熬好。一共熬六锅：第一锅供佛，第二锅献给皇帝及宫内，第三锅给王公大臣和大喇嘛，第四锅给文武百官及封寄给各省的地方大吏，第五锅分给雍和宫的众喇嘛，第六锅施舍。到了光绪末年，就只熬一锅了。

腊八粥的起源大概很多人不知道，是一段释迦牟尼得道的故事。当时释迦牟尼苦行六年骨瘦如柴，也没有到达目的地，决定离开苦行林，寻找新的道路。释迦牟尼在尼连禅河里洗了澡，因为太虚弱了，上岸就晕倒了。牧羊女苏嘉塔看到了，就赶紧用米、牛奶、蜂蜜等煮了乳糜送给释迦牟尼。释迦牟尼吃了乳糜，恢复了体力，很快就悟道成佛了。释迦牟尼得道的这一天是腊月初八。为了纪念这件事，中国人在每年的腊月初八都要吃乳糜，就是腊八粥。佛教和古印度文化传入中国后，不知不觉地影响了中国人的生活。

青铜狮子多少钱也不卖

铜狮子

雍和宫天王殿门口有一对乾隆年间的青铜狮子，据说北京城中用青铜做的最好的就是这一对。雍和宫的青铜狮子虽然不如紫禁城里的高大威猛，但铸工极为精细，一等一的工艺。

铜狮庄严威武，头顶卷毛整齐，后背呈双盘花结图案，大方耳下垂，卷云眉，凹圆眼，圆鼓的云头鼻，张着大嘴，舌头、方牙齿和獠牙都是镶嵌上去的，下额两撇须髯。狮爪指是圆关节尖棱爪，威猛张扬，气势啸傲。狮子前腿有护身铠甲，这是其他同类的石狮、铜狮所没有的。

关于这对狮子，有一个著名的故事。据说，当年有一位外交官，见过它们之后，心里就长草了，想花 50 万美金买了带回自己家——简直是明目张胆的文物贩运。主持的喇嘛当然不干了。被拒绝之后，老外还不死心，直接找到周总理想开后门。周总理给了个软钉子："如果你喜欢这个狮子，可以常来看看！也可以介绍朋友们一起来嘛！"

韦陀的金刚杵应该怎么放

雍和门后面是面北而立、手持金刚降魔杵的木雕韦驮像，全身贴金，背倚祥云，雕工异常精美。佛教故事中韦陀负责保护佛牙舍利，人们把韦陀就塑在了大雄宝殿对面，还是让他保护释迦牟尼，无论哪座庙，韦陀对着的一定是释迦牟尼。

传说在寺庙中有个说法，想挂单的僧人看看韦陀的金刚杵怎么放置就知道这个寺庙是否接受云游僧人挂单，杵在地上的表示庙小无法接收挂单，横放在胳膊上的代表大庙可挂单，但似乎也无定论，像雍和宫这个手托着金刚杵的，这是什么意思呢？张老师说这个不好猜。

甄嬛也爱玩拼贴

永佑殿内西墙上这一幅堆绫绣唐卡《绿度母》，长 175 厘米、横宽 115 厘米。是乾隆母亲孝圣宪皇太后（据说是甄嬛的原型）带领宫中绣女共同绣制的，使这幅唐卡有了百倍身价，成为宫中传世孤品。

绿度母为藏密中最慈悲美丽的菩萨，头上戴着小五佛冠，饰以珠宝庄严异常，身子放射出虹光。她脚向下伸，意味着随时应机去救度众生，她右手放在她的右膝上，掌心向外，是与愿印且持莲花，是将莲花施与天下的意愿。

这幅唐卡以大块蓝缎为背景，象征着宇宙天空，左上角用洁白的锦缎补缀上一轮皎月，右上角用火红的锦缎绣上红日，两边五色锦缎勾卷起五色祥云，下方碧海白浪波涛翻滚，绿度母端坐莲台，一朵朵色彩艳丽的牡丹、玉兰花组成背光，是一幅赞颂佛母慈悲净德的尊像画。唐卡用了 7000 块色泽不同大小不一的锦缎绸绢拼贴而成，把层叠变化的裙衣飘带、璎珞珠钏表现得姿彩美丽。

喇嘛日常在此修习

须弥山是座什么山

雍和宫大殿前的庭院里，椭圆形汉白玉石座上的石池中，有座高达 1.5 米的青铜“须弥山”，工艺精美，令人赞叹。

须弥山是梵文 Sumeru 的音译，意译为“妙高”。它是古印度神话中的名山，据说是世界的中心。佛经认为，世界的最底层是风轮，其上是水轮，再上是地轮。地轮之上有九山八海，须弥山就在这山海之间。须弥山高八万四千由旬（“由旬”是古印度计算距离的单位），日月环绕须弥山回旋出没，三界诸天也依须弥山层层建立。佛教中，须弥山是世界最高的山，山顶的“帝释天”自然也就是世界最高的天，是天堂极乐之处。

因为须弥山是“世界的中心”，所以，佛祖释迦牟尼经常在此讲经说法。不少寺院石窟佛都坐在叫作“须弥座”的座位上，成为一种象征。

“木雕三绝”有多绝

昭佛楼，原为乾隆生母钮祜禄氏孝圣宪皇太后拜佛之所。在殿内的北墙，有一座巨大的护佛巨龛，是用珍贵的金丝楠木雕镂，佛龛从地面直达楼顶，贯通二层大殿阁楼，雕凿了正龙、侧龙、行云龙、布雨龙、盘柱龙、滚地龙等各态金龙共计九十九条。

楠木佛龛在万福阁东厢的照佛楼内，上下两层共十间楼房，楼里有一尊照佛（旃檀佛）。佛经说，释迦牟尼到兜率天为母亲摩耶夫人讲《涅槃经》，佛弟子请求佛留下影像，画师画像时不便直视佛，只好请佛站在水边，照水中佛影画，所以叫“照佛”，因为水中有波纹，所以佛像衣服也有波纹，称为“水纹衣”。此为我国铜雕之极品。

法轮殿为寺院僧侣集体诵经的场所，俗称“大经堂”。殿内供奉的宗喀巴大师铜坐像背后，有一座高 2.5 米、宽 3 米的木雕艺术品，它由紫檀木雕凿而成，并用金、银、铜、铁、锡五种金属铸造了 500 尊罗汉，称《紫檀木五百罗汉山》。

整个山体层峦叠嶂、阁塔错落，五百罗汉置身其间，讲演佛法的、降龙伏虎的、乘鹤飞升的，或坐或卧，或醉或思，或笑或痴，姿势生动，神态各异，造型逼真，雕技精湛。

这座强巴大佛为雍和宫“三绝”之冠，它的巨大，从脚至顶高达 18 米，且地下还深藏了 8 米，共计 26 米之巨。乃乾隆十五年，以第七世达赖格桑嘉措进贡的白檀巨木为基础，精心雕凿而成。是目前最大的整木佛像，已经名列吉尼斯世界纪录。

关于它，还有一个神奇的传说：话说当年有三个人来砸佛像。第一个人爬上走廊，举起斧头想砍断铁索。斧头落下，没有碰到铁索，却正好砍在自己的腿上；第二个人拿过斧头又砍，却一斧砍空，掉下平台，当即昏死过去；第三个人被吓得站都站不起来。据说这三个人后来没有一个活下来的。从此以后，再没有人敢动佛像一下，佛像就这样安然无恙地保存了下来。

“镇宫之宝”是哪件

法轮殿正中供奉着一尊藏传佛教格鲁派（黄教）的创始人——宗喀巴大师铜质鎏金像，他面部含笑，端坐莲台，左肩荷花中插着经书，右肩荷花中插着宝剑，分别代表智慧和力量。这尊铜像是在 1924 年，由雍和宫僧人白甫仁法师筹资 20 万银圆，历时两年才完成。外表用真金装饰，显得格外璀璨夺目。左右分别是达赖、班禅两位弟子的讲经宝座。

宗喀巴大师像前，供奉着一座释迦牟尼佛像。这座佛像就是雍和宫的“镇宫之宝”，史料记载，这是雍和宫改庙第二年，西藏郡王的颇罗鼐特地从西藏敬献给雍和宫的。已有近 300 年历史。

说不尽的雍和宫

雍和宫的故事还有很多很多……如今，皇室已逝，雍和宫却保留了自乾隆年间便开始行使的职能，并将继续维持下去。年人流量在一百万左右的这所院落，每日都在接受人间的香火供奉，寺院上空的臬臬香烟，将历久弥香……

雍和宫一景

一本御厨家传秘籍

老北京非常重视不同节令的吃食，大家都知道正月十五吃元宵，中秋节吃月饼，清明节吃青团，可重阳节的传统食品花糕如今却难以寻觅，花糕是一种怎样的食物呢？

“御膳中的花糕有九层，每层馅料都不同。花糕需分层制作，每层先是用不同的馅料包成酥皮，酥皮之间均铺设果料，最上层用各色果脯和果料码出吉祥图案，如步步登高、人寿年丰、吉祥如意等，使花糕总体五颜六色、锦绣铺装。不但色型俱美，而且口味诱人、营养丰富。”听御厨传人王希富老先生讲“花糕”，令人神往，更难得的是，虽然花糕的制作程序如此繁复，为了不让手艺失传，王老反复揣摩，如今已经可以重现花糕的风采，让人们有机会一尝。

年逾古稀的王希富先生这些年致力于恢复北京传统饽饽，江湖传闻，王老手中有一本几代家传的“美食秘籍”，记录了很多传统名菜名吃的配方和制作方法，正是靠着这本“秘籍”，如今一些已经失传很久、无法寻觅的京味儿点心才又重回世间。这事听来颇为传奇，真有这样一本“秘笈”吗？其中又有怎样的故事？笔者带着这些疑问，来到护国寺街上的这间饽饽铺，拜访了王希富先生。

王希富先生在给员工讲解

各色香饽饽

饽饽引出一段勤行往事

深秋的北京阳光正好，坐在窗边，几样各色饽饽，一壶茉莉香茗，听王希富先生讲述百年间的家族传奇和勤行（宫里当差伺候人的行当）往事，那些坎坷岁月，笼罩在美食的色香中，竟显得格外温暖。

秘籍的疑问暂且放下不提，先听王老悠悠然从百年前开始讲起："晚清时期的光绪年间，我的外祖父陈光寿在内务府所属的御茶膳房任小职，家住烟袋斜街。清早，他揣着腰牌，徒步走向紫禁城后门，路过天汇轩茶馆，便进去喝茶吃点心。可巧，那时祖父王文山家住黄化门，每天也是揣着腰牌进宫，为皇上和宫妃赶骡车，于是一清早也先到天汇轩喝茶，吃点心……"

王老的祖父和外祖父就这样相识了，都是宫中当差的，两人成了无话不谈的朋友，后来亲上加亲就结成了亲家，外祖父把唯一的女儿许配给了祖父的儿子王殿臣——当时致美楼的名厨。说起这段往事，王老禁不住慨叹，成就父母亲姻缘的竟是两样饽饽。

话说一次两位老人又约在天汇轩喝茶，却各自带了饽饽，御厨陈光寿带的是自己亲手做的瓜仁油松饼。"这种点心必须要用东北贡品松子，一半破粒入馅，一半榨油拌馅，所以饽饽馅松子香气浓厚清雅，可以补气安神，香气能入肺腑，柔软细腻如泥。"而祖父王文山带的是儿子做的致美楼名点——翻毛月饼，"这月饼半斤一块，洁白如雪，温润如酥。虽说是酥皮，可包里包外没落一片残渣碎片，恰似和田白玉琢磨而成。切开再看，那心馅果料新鲜、均匀，糖面搓得散落酥松，红绿白黄，色泽喜人。"

外祖父陈光寿对这位年轻的致美楼名厨的手艺颇为欣赏，动了结亲的心思，没想到祖父也正有此意，两人一拍即合，就为儿女定下了这桩婚事。这两样饽饽功不可没，所以在过门之时，外祖父特意嘱咐，将“子孙饽饽”由普通的水食（即水饺）改为翻毛月饼和瓜仁油松饼，代表两家由此而结亲的良缘。而且，翻毛月饼和瓜仁油松饼皆是馅内多子，象征多子多孙。

翻毛月饼

王老从小就爱吃点心，对这两样点心尤其印象深刻，“父亲的翻毛月饼在京城名噪一时，后来我二哥也学了白案手艺，每年八月节前，大哥、二哥都要到致美楼帮父亲做月饼，这两种饽饽也成了我家八月节必要摆盘上供的供品”。两家的联姻也造就了一个京城瞩目的名厨家族，“我外祖父是御厨，我父亲、两个哥哥、九个舅舅，还有几位舅爷，全都是当年京城八大楼的名厨”。

“听说您家有本‘美食秘籍’，是真的吗？”我终于忍不住问，“是有这么一本东西。”王老给了个肯定的答复，它是王家的传家宝，是一个已经泛黄的旧折子，那上面留有陈王几代名厨的“从业记录”。“折子上抄写的有各类宴会菜单，包括外祖父亲传的部分清宫御膳膳单、我父亲王殿臣所记的高档宴会膳单、致美楼宴会菜单等。此外，还有大量的菜谱和配料，也有餐具样式，等等，可以说珍贵无比。这个放在‘拜匣’中的旧折子是由祖上传给外祖父，外祖父传给父亲，诸代积累，不断丰富，父亲临终前又将它交给大哥保管。几年前，大哥把这传家宝亲手托付给了我。”

这简直就像武侠小说里众人争夺的武功秘籍啊，王老似乎看穿了我的心思，微笑说了一句让我吃惊的话：“武侠小说那都是骗人的，一本武功秘籍不可能称霸江湖，如果说凭这个折子就能恢复失传的名菜名点，那可就是大错特错了！”

饽饽铺

一位被古建事业“耽误”的名厨

还有一件让我吃惊的事，王希富先生虽是出自名厨世家，本人却并没有做过厨师，他的本行是古建专家，退休前他是北京建筑工程学院的老师，同时也是北京市房管局职工大学的校长，培养的中国古建筑工程师不计其数，遍布全国，他在20世纪80年代写出的专著《体视投影学》更是学科经典，可以说他是3D立体画的鼻祖，当年曾名动一时。然而，毕竟家族中流传着名厨的基因，命运兜兜转转几十年，最终王老所做的事还是和美食挂上了钩。

“会做满汉点心的老师傅基本都不在世了，市面上的大路货糕点也不再是以前的味道。”从小吃惯了父兄做的精致点心，王老对北京饽饽有种难舍的情结，“用搓条饽饽搭起来的万字蜜供、宝塔蜜供，重阳节的九层卧果花糕，十斤重的郁仪宫月饼，孩子们爱吃的杏仁干粮，骑马出游爱带的勒特条、勺子饽饽，松软细腻的孙尼额芬白糕，还有当年芙蓉斋的芙蓉糕，裕顺斋的焦排叉、喇嘛糕等，都曾是京城饽饽的经典，让人回味无穷……”

可是让王老糟心的是，如今市面上的点心，无论是材料还是工艺，已经无法和早年间相比。“比如豌豆黄看似普通平常，但丢失的技术已经不少。当今，不少豌豆黄使用了添加剂，原本的软面柔和，‘面’已经谈不到了，口感与香气也变得淡然。早年京城卖豌豆黄的有推车走巷的游商，吆喝着：‘小枣儿豌豆黄儿大块的！’现在小枣儿没了，即使个别会做的，那小枣儿也不是当年的‘密云小枣’了。宫廷豌豆黄，其中的小枣是要去皮、核、杂质，打成枣泥或枣水，与豌豆粥合成一体，看起来色偏酱红，吃起来枣香绕口，不见枣形。如今形与味皆无了，有的真似一锅剩粥。”

孙尼额芬白糕

王老觉得很惋惜，他想着在北京重新复原御膳点心的老味道，于是，他取出了珍贵的“传家宝”，“您猜怎么着，那折子上面列了几百种点心的名字，可是多数并没有讲配方”。

王老表示，这没什么可奇怪的，因为没有哪一个名厨会只靠着菜谱上的方法学会一道菜。“比如，一个菜的成功也许有 10 种因素，每个因素分成 10 个等级，这就组成了一个矩阵，矩阵上的每一个点，主料、辅料、温度、火候，甚至厨师的心情都会影响最后的结果，而成功的厨师就是靠着经验、手感，包括潜意识去选择那个最优的因素，才能炒出一个好菜。”所以，在中国传统餐饮界一直保持着师傅手把手带徒弟的方式，“口传心授，熟能生巧，是唯一的法门。所谓秘籍真的只是个传说，就是被人抄走了也没用。”

要想恢复当年的知名饽饽，不是仅听说个名称便可制作恢复的。其中的原材料品质、配比、制作程序、动作方法、力度大小、加料次数、温度调制、火候大小等诸多因素不下十几种甚至几十种，须多种条件控制才能成活。于是，王老天天泡在厨房里，根据儿时记忆中的味道反复配比，碰了钉子就请教年迈的兄长，还经常向家里其他老人请教。这一钻研，就是10多年。

一道点心的坚持与执着

王老恢复传统点心碰到的第一个大难题就是，好的原材料已经很难找到，比如，做点心最常用到的香油。“做传统点心需要的香油纯度很高，如今商场超市卖的几乎没有纯的，而且是生芝麻压榨的，工序比较简单，但是做出点心没有香味儿。我们需要的是古法手工制作的小磨香油，炒熟芝麻之后用大石锤砸，榨出的香油飘香十里，但是工序多成本高，已经很少有人这么做了。”

王老和徒弟们为了寻找小磨香油，去到一些偏远的山区古村，专门找用古法做香油的小作坊，功夫不负有心人，最后还真找到了，亲自看过，亲口尝过，王老终于放了心，就从这个作坊专门订货。

玫瑰饼是一道流传比较广泛的宫廷面点，玫瑰饼重点在玫瑰馅，现在很多餐厅在制作玫瑰饼馅时都是以少量玫瑰花丝提香，以大量熟炒面混合白糖和香料和馅，如此出品的玫瑰饼虽香气浓，但口感干涩、无回味。而王老是以纯玫瑰丝和馅，且这玫瑰是每年五六月份自然花期时，王老亲自带人从百花山采购而来，朵朵娇艳欲滴。品质极佳的玫瑰混合白糖及秘料，在瓶中密封腌制数个月，然后再包裹在油酥皮内以温火烤 10 分钟左右，才能成就玫瑰饼外酥内香的完美口感。

炸虎皮饼这道御膳面点的材料更是讲究，现在在市面上已经很少见了。“炸虎皮饼，首先在选料上就不能‘偷懒’，必须是长白山的鹿肉，用刀先切片然后切碎，耐心剁成肉泥，绝对不能用绞肉机去绞，否则会影响质感。然后加上点水、面粉均匀上劲，再以这鹿肉泥做皮、鹿肉冻为馅制成饼状，下锅炸，注意，一定是热锅凉油，这样炸鹿肉泥皮才不会散。”

恢复传统御点八珍糕让王老费尽了心思，它由茯苓、芡实、莲子、苡仁、山药、扁豆、麦芽、藕粉各二两，共研细粉，加白糖七两，用水调和后做成糕点，没想到按照配方做成后却很牙碜。牙碜感源自八珍糕里一味最重要的原料：茯苓，它的表面有极难去除的沙子。“过去给老佛爷做八珍糕，这茯苓是人工一点一点地挑去沙子的，现在是绝对没有人有时间这么去做。现在我用的方法是沉淀法，也就是用 120 目筛去筛茯苓粉，去除绝大多数的大粒沙子；然后用比重法，即在大桶中飞速旋转过筛后的茯苓粉，然后突然静止，沙子比重大会先落下；最后再加水沉淀 3~5 天，下层的茯苓白浆就可以拿去制作八珍糕了。”这么漫长的过程仅仅为了其中一款原料，王老却固执地坚持着，“虽然不能百分百恢复原味，但毕竟我尽力了。”

孤独坚守的那一份“讲究”

十多年的苦心钻研，苏子茶食、瓜仁松油饼、炸三角等老北京饽饽被一一复原，杏仁豆腐、果子干、奶酪果子冰等老味道也被一一寻回。

护国寺街的这家饽饽铺虽然每天客人络绎不绝，可是王老告诉我，它始终在“试营业”，从没真正开张，“几百道点心，我这才恢复了二三十种，这才哪到哪啊，我计划着怎么也得恢复 100 种！”

王老坚持所有点心都按照古方，用传统方法手工制作：芸豆卷里的芸豆，得先泡再煮然后去皮最后蒸，经过细筛碾三遍以上；推油酥面，要不厌其烦地将面里的颗粒细细推开；最经典的豌豆糕，上面铺的柿饼条不能太甜，中间夹着青丝红梅的果料口感清凉，糕体也加入了豌豆粒提升香味；孙尼额芬白糕是一道几近失传的满式糕点，奶香和甜度要恰到好处，表面用山楂和青梅点缀成小花。

“这道梅干菜月饼已经反复做了三个月了。”掌管饽饽铺的徒弟陈六梅忐忑地拿着月饼找师父测评，“哪怕只有一丁点儿瑕疵，都会被‘一票否决’。”铺子里的每道点心都必须经过王老的终极评测，不少点心在后厨翻来覆去改了几百次，几个月后才能最终写进菜单。终于，这回王老露出了满意的笑容：“馅料里有梅干菜、肉还有笋，每一种食材的味儿都不太冲，明天可以上菜单了！”

果子干是京城夏季常见的碗装零食，如今庙会上偶有售卖也是用果脯为原料，靠糖和香精提味，乏善可陈。王老恢复了这道京城名小吃本来的风采，最讲究的还是用料。杏干要用“八达杏”大白杏或“关公脸”大红杏所制的杏干，柿饼则以磨盘柿所制之柿饼为好。将杏

六梅和王师傅

干清洗干净，入锅加水烧开后即关火浸泡；柿饼用手撕开，入锅加水烧至刚开即关火，泡至柿饼柔软出滑润的汤汁；将制好的杏干加入柿饼汤汁中，加白糖、桂花和煮熟的果藕片，装在精致的小碗中，尝一口酸甜爽口，清香沁入心脾。

芸豆卷和果子干

北京人大多只知道豌豆黄，却不知还有一种更好吃的豌豆糕，如今也在王老的手下重见天日。“豌豆熬制时要去皮，保留了部分软面的豌豆颗粒，整体硬度也比豌豆黄硬，更有嚼头，口感更好；然后再分层制作，每层都铺放口味浓重、色彩斑斓的果料，上层压上去皮切条的柿饼肉。”王老介绍说。这道小吃做工复杂精细，看起来锦绣装扮，色若黄金，吃起来既有嚼头又绵软香甜，让人停不下口。

王老遵循着古法手工的老规矩，如今看来有些已经繁复到不可思议，例如一种失传的名叫“七星点子”的点心，做的时候要把一块面揉1000下，这样的功夫如今有谁下得？一款经典的传统面点，在制作时往往是极其复杂的，可在出品外形上却看不出优劣区别，只有懂行的人细品才能辨别，然而这细微的差别，背后却是巨大的付出，这种对工艺的精益求精，不计成本也要把事情做到完美，正是老一辈手艺人的人生态度，也是传统勤行恪守的老规矩，而我们今天正在逐渐丢失。

王老谈到传统工艺的流失颇为感慨，在他的铺子里，3个师傅做100个自来红月饼要做3个小时，而在面点工厂里，用机器揉面，转瞬间一炉就可以烤出几百个月饼，而且价钱低得多，但丢失的是那种丰富的口感和美妙的滋味和随之带来的幸福感。大工业时代的简单粗糙提高了生活的效率，却降低了生活的品位。

王老在饽饽铺挂的一幅《中秋夜宴图》上，题写了一首自己的诗《鹧鸪天》，其中有这样两句：“西风冷，子夜中。何人寂寞听落英。烤罢千斤玫瑰饼，送入家家绝有情。”我想，这正是他对自己心境的描述吧，固执地追寻往昔美食的味道，在孤独寂寞中坚守，传承的是点心，更是一种生活态度。